www.mayabooks.co.kr

www.mayabooks.co.kr

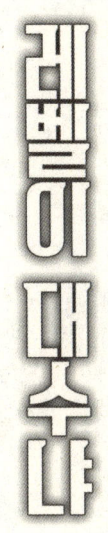

레벨이 대수냐 ⑨

지은이 | 누워서보자
펴낸이 | 권순남
펴낸곳 | (주)마야 · 마루출판사
등록 | 2008. 1. 7 (제310-2008-00001호)

초판 인쇄 | 2019. 5. 27
초판 발행 | 2019. 5. 30

주소 | 서울시 노원구 상계 1동 1049-25 신영산업 BD 602호
대표전화 | 02-2091-0291
팩스 | 02-2091-0290
이메일 | marubooks@hanmail.net

ISBN | 978-89-280-8897-3(세트) / 978-89-280-9786-9
정가 | 8,000원

잘못된 책은 교환하여 드립니다.
저자와 협의하여 인지를 붙이지 않습니다.

「이 도서의 국립중앙도서관 출판시도서목록(CIP)은 서지정보유통지원시스템 홈페이지(http://seoji.nl.go.kr)와
국가자료공동목록시스템(http://www.nl.go.kr/kolisnet)에서 이용하실 수 있습니다.」
(CIP제어번호:CIP2019017549)

MAYA&MARU GAME FANTASY STORY

누워서보자 게임 판타지 장편소설

레벨이 대수냐

9

❧ 목 차 ❧

Chapter 1 ···007

Chapter 2 ···049

Chapter 3 ···079

Chapter 4 ···107

Chapter 5 ···137

Chapter 6 ···167

Chapter 7 ···197

Chapter 8 ···225

Chapter 9 ···253

Chapter 10 ···281

레벨이 대수냐

Chapter 1

레벨이 대수냐

 테베즈는 비석 가장 밑에 적힌 이름이 반짝이는 걸 보고 있었다.

 이렇게 될 줄 알았다.

 하지만 전혀 실망스러워하는 표정은 아니었다. 오히려 이렇게 돼서 잘됐다는 표정을 짓고 있었다.

 "크크큭!"

 그가 징그럽게 웃었다.

 비석을 한 번 쓰다듬자 종말의 힘이 스멀스멀 피어올랐다.

 예상치 못한 변수 덕분에 일이 수월하게 풀릴 것 같다.

 실수 한 번으로 어떻게 되나 싶었는데, 역시 죽으란 법은 없다.

"아셀라우시스, 너에겐 아주 고맙게 생각한다. 크크크!"

아셀라우시스.

바로 비석 가장 아래에 적혀 있는 이름이었다.

지금은 김성현의 일부가 되어 버렸지만 전혀 아쉽지 않았다. 오히려 그가 죽음으로써 더 많은 이득을 취했다.

테베즈는 비석의 힘을 떠올리며 웃음을 주체할 수 없었다.

비석은 그의 본질이라고 할 수 있는 강력한 권능이 형상화된 것이었다.

제약으로 그 힘이 많이 쇠약해졌지만, 아셀라우시스의 죽음으로 상당 부분 돌아왔다.

그가 자리에서 일어났다. 비석이 입자 단위로 분해되며 몸 안으로 흡수되었다.

"이제 움직일 때다, 데몬."

"예."

평소처럼 등 뒤에서 데몬크로스가 나타났다.

그의 덩치는 또 한 번 커져 있었고, 눈빛은 전보다 훨씬 견고해져 있었다.

테베즈에게 걸린 제약이 약해지면서 그의 힘도 덩달아 강해진 것이다.

지금이라면 대신격과 비교해도 꿀리지 않으리라.

지금 김성현은 자신을 견제하려는 하찮은 세력의 말단과 대화하고 있다.

가소로웠다. 건방지게 피조물 따위가 외우주의 신격과 대화를 하려 하다니.

"무르다, 김성현."

얼마 전까진 믿을 수도, 인정할 수도 없었다. 그러나 이젠 모든 걸 체념하고 받아들였다.

김성현은 외우주에서도 통할 정도로 강한 힘을 가지고 있다. 세 외우주의 신격이 당한 게 그 증거였다.

데몬크로스에게 명령했다.

"넌 지금부터 벌레들을 정리해라. 내가 김성현을 죽일 때까지."

"알겠습니다."

벌레들은 코스모스를 비롯한 우주의 대신격들을 뜻했다. 그들이 전부 힘을 합쳐도 테베즈의 발끝도 못 따라온다.

하나 김성현을 돕는다면 상당히 귀찮아진다.

비석이 있으니 어떻게든 되겠지만 변수는 차단하는 게 제일 좋다.

"가자."

"예."

두 존재의 신형이 어둠에 휩싸였다.

동시에 테베즈의 거처가 한순간에 먼지가 되어 사라졌다. 더 이상 필요가 없어진 것이다.

✷ ✷ ✷

김성현은 벌벌 떨고 있는 롤랑을 보고 있었다. 예전에 듀란달에게 들은 모습과는 사뭇 다르다.

너무 쫄아 있잖아?

"안 잡아먹는다니까?"

"……"

[그렇게 살기를 뿜뿜 하시면서 말하면 누가 믿습니까?]

"그것도 그런가? 하지만 날 좀 무시하는 것 같아서. 느끼게 해 주려면 이 방법밖에 없잖아."

[충분히 느꼈을 겁니다. 아마도.]

듀란달이 롤랑을 쳐다보았다.

저 굳은 얼굴, 경직된 몸짓, 피부를 타고 흐르는 식은땀.

확실히 김성현의 저력을 피부로 저릿저릿하게 느끼고 있다.

김성현도 눈치챘을 것이다. 그런데도 저러고 있는 이유는 아마도… '그냥'.

악취미다, 악취미.

듀란달의 시선을 느낀 김성현이 어깨를 으쓱였다. 그러면서도 입가엔 옅은 미소를 머금고 있다.

[못됐습니다.]

"하하!"

그는 크게 웃고는 살기를 거두었다.

"푸하!"

롤랑이 숨을 크게 토해 냈다. 계속해서 숨을 참고 있던 모양이었다.

지금 무슨 생각을 하고 있을지 궁금했다. 아까까지만 해도 자신을 무시하지 말라던 그였다.

"지금 생각도 마찬가지야?"

"……."

"말해 봐. 내가 대신격 정도 된다고 하지 않았던가?"

"당신은… 당신은 대체 뭐지?"

"나? 인간이잖아, 인간."

"인간은… 인간은 그런 힘을 가질 수 없어."

그 말에 김성현이 피식 웃었다.

"무슨 개소리야? 그러는 넌? 나보다 한참 약하긴 해도, 인간이 그 정도 힘을 가질 수 있다는 소리야?"

"난 인간을 포기했다."

[포기… 라는 게 무슨 말이죠?]

듀란달이 놀란 목소리로 물었다.

그는 어딜 봐도 인간이었다.

사실 신격이 되고 나면 평범한 인간과는 거리가 멀긴 하지만, 인간이란 종족에서 벗어나진 못한다.

김성현 정도는 되어야 인간이 아니라고 당당하게 말할 수 있을 거다.

다만 그는 인간의 정체성을 포기하지 않아 인간이라고 말하고 다니는 것뿐이다.

롤랑이 쓸쓸한 미소를 지으며 옷을 벗기 시작했다. 듀란달이 떨리는 목소리로 중얼거렸다.

[모, 모, 몸이…….]

"의외로 솔직하네."

[알고 계셨습니까?]

"어."

보자마자 몸 구석구석을 살펴봤기에 알고 있었다. 그가 거짓말을 하는지 안 하는지 궁금해 한번 떠본 것이다. 이렇게 솔직하게 고백할 줄은 몰랐다.

롤랑의 몸은 팔다리를 제외하고 모두 기계였다.

그것도 그냥 기계가 아니라 불칸 콜로니의 기술력을 수천 년 이상 앞서 나간 과학력으로 무장되어 있었다.

이 정도쯤 되면 단순 개조로 대신격 정도의 힘을 얻은 것도 이해가 됐다.

듀란달은 실망스러웠다.

[그 힘을 얻기 위해… 자존심마저 저버리신 겁니까.]

"미안하다."

[저한테 미안할 게 뭐가 있습니까. 후후…….]

"삐쳤네."

[시끄러워요.]

듀란달이 성질을 내곤 입을 다물었다. 한동안 입을 꾹 다물고 있을 모양이었다.

롤랑이 한숨을 내쉬었다.

"아무튼… 난 인간을 포기하고 이 힘을 손에 넣었다. 그러니까 말이 돼. 그러나 당신은? 인간의 힘으로 대신격마저 한참이나 초월한 강함을 손에 넣었다고 말할 셈인가?"

"그러면 안 돼?"

"헛소리! 그 힘은… 이 우주마저 위협하는……. 잠깐, 설마?"

롤랑의 눈이 급격히 떨리기 시작했다. 그는 김성현을 보며 천천히 뒤로 물러났다.

그의 머릿속을 들여다보고 있던 김성현이 피식 웃었다.

저 정도쯤 되면 생각을 어느 정도 숨길 수 있다. 그런데 지금 롤랑은 적나라할 정도로 자신의 생각을 공개하고 있었다. 대놓고 '봐주십쇼!' 할 정도로.

그보다 격이 낮은 존재라도 읽을 수 있을 정도니 말 다 했다.

"착각을 해도 너무 심하게 한다."

"뭐?"

"지금 너 내가 그 우주를 위협하는 존재라고 생각하고 있잖아."

"생각을 읽었나?"

"그렇게 대놓고 생각하는데 왜 못 읽어? 물론 최대한 숨기려고 했어도 내가 읽었겠지만."

그 부분이 더 충격적이었는지 롤랑이 흠칫했다.

"뭘 자꾸 하나하나 놀라냐? 짜증 나게."

"…그럼 당신은 아니라는 건가?"

"너흰 진짜 아는 게 하나도 없구나?"

"그게 무슨 말이지?"

"죽고 싶지 않으면 그냥 손 떼라. 괜히 질척거리다 깡그리 몰살당할 테니까."

"하아?"

"이것 참, 호랑이도 제 말 하면 온다더니."

"누가 이곳으로 오고 있다는 건가?"

김성현은 귀찮다는 듯 롤랑을 옆으로 밀어냈다.

우주의 일부분이 뒤틀리며 거대한 힘이 우주 전체를 짓

누르기 시작했다.

"큭!"

대신격의 힘을 얻었다곤 하나 롤랑은 그 압력을 견디지 못했다. 숨이 턱! 막혀 오며 아까 전 김성현의 살기는 우스울 정도의 악의가 느껴졌다.

우주의 일부분이 무너져 내리며 별들이 하나둘 사라지기 시작한다.

롤랑은 알 수 없는 기현상에 소름이 쫙 돋았다.

김성현의 말이 맞았다. 자신들은 아는 게 하나도 없었다.

이렇게나 큰 어둠이, 항거할 수 없는 힘이 존재하다니!

"하나만 말해 주자면, 저 정도의 녀석은 꽤 많아."

"거짓말……."

"우물 안의 개구리 같은 소리 좀 그만해라."

김성현이 듀란달을 뽑아 들었다.

[최고로 위험합니다.]

"언제 안 위험한 적이 있었냐?"

[사실 형식상 해 본 말입니다. 허허!]

이 녀석, 이제 농담도 할 줄 안다.

김성현은 킥킥거리며 몸을 풀었다.

무너져 내리는 우주의 중심에 거대한 비석이 덩그러니 놓여 있다. 그 뒤로 종말의 힘이 꿈틀거리며 서서히 형체를 잡기 시작했다.

설마 놈이 이렇게 빨리 등장할 줄 몰랐다. 요즘 진도가 한 번에 쫙쫙 빠지는 기분이다.

"여! 늙은이!"

"건방진 놈."

형체가 완성되며 테베즈가 되었다. 그는 뱉은 말과 달리 즐거운 표정을 짓고 있었다.

그리고 그건 김성현도 마찬가지였다.

마신 때완 다르다. 그를 마주했을 땐 느끼지 못했던 고양감이 머릿속을 가득 채웠다.

아드레날린이 분비되며 몸 안에서 날뛰는 3개의 기운을 한곳으로 응축시켰다.

이날만을 기다려 왔다.

"드디어 때가 됐구나. 최고로 멋진 시기야."

"자신감이 넘쳐 나는구나. 크큭! 그것도 나쁘지 않지."

"자, 이제 그만 내 복수를 이루어 줘."

"헛소리!"

김성현이 처음으로 광기에 사로잡힌 얼굴이 되었다.

테베즈의 비석에서 강한 힘이 압축된 광선이 쏘아졌다.

이런 걸론 자신을 어쩌할 수 없다. 듀란달을 횡으로 휘둘러 광선을 쳐 냈다.

어둠의 인력을 5개 만들어 테베즈의 움직임을 제한시켰다. 라이프 올 데스로 놈의 생을 박탈시키고, 공간 조정으로 놈의 몸을 끝없이 확장시켰다.

"뭐라도 해 봐!"

테베즈의 육신이 무력하게 찢겨 나간다.

조금의 변수라도 없애기 위해 라플라스의 악마를 발동시켰다. 그를 죽일 수 있는 수많은 가능성이 떠올랐다.

방법은 썩어 넘칠 만큼 많았다. 3명의 외주우의 신격을 흡수하며 테베즈를 한참 전에 초월했다.

"이대로 죽어!"

"쿨럭!"

듀란달로 그의 몸을 가르자 새까만 피가 뿜어져 나왔다. 이걸로는 아직 부족하다.

어둠의 인력으로 그의 사지를 나누고, 따로 빠져나온 검은 핵을 그대로 찔렀다.

역한 냄새가 코끝을 자극하며 진한 쾌감을 주었다.

이런 날이 찾아올 줄 몰랐다. 아니, 알았지만 이렇게 빠를 줄은 몰랐다.

[주, 주인님!]

그때 듀란달의 목소리가 들렸다. 그의 목소리가 미약하게 떨리고 있다.

왜 떨고 있는 거야?

[지금 뭘 하고 계십니까?]

"무슨 말이야? 지금 테베즈를… 어?"

"꿈은 잘 꾸었는가?"

김성현은 멀뚱히 허공을 응시했다.

주변을 둘러보았다.

아무것도 변한 게 없다. 거대한 힘의 흔적도, 파괴된 흔적도 전혀 없다.

뒤에선 롤랑이 알 수 없다는 표정으로 자신을 보고 있었다.

"뭐지? 난 분명……."

"크크큭! 자넨 날 너무 무시했어."

"내게 무슨 짓을 했지?"

"별거 없어. 꿈을 꾸게 했을 뿐이다. 다만… 그 꿈에서 내가 얻은 게 너무 많군."

"뭐?"

"자네가 권능을 여러 개 가지고 있듯, 나도 2개 가지고 있다네. 하나는 바로 이거고."

테베즈가 비석을 가리켰다.

"그리고 다른 하나는 바로 이거지."

김성현은 순간 느껴지는 위화감에 모든 힘을 발산했다. 하지만 위화감은 전혀 사라지지 않았다.

그때 비석이 눈에 들어왔다. 비석의 가장 아래에 적힌 글자가 반짝이고 있다.

무슨 글자가 적혀 있는 건지 모르겠다. 눈을 가늘게 뜨고 천천히 읽었다.

"아셀라우… 시스?"

"아셀라우시스는 맛있었나?"

"무슨 소리를 하는 거야?"

"이제부터 차차 알게 될 걸세. 김성현, 절망을 느껴 보는 것도 나쁘지 않은 경험일 거야."

그 순간 어둠이 찾아왔다.

김성현은 라플라스의 악마를 발동했다. 그리고 쥐고 있던 듀란달을 놓쳤다.

눈앞에 분명히 흡수했을 아셀라우시스가 징그럽게 웃고 있었다.

✽ ✽ ✽

꿈. 그것은 외우주를 통틀어 생명체가 잠을 자는 이상 절대로 피할 수 없는 가상의 세계다.

꿈을 꾸지 않는다는 생명체도 있다.

하나 알고 보면 깊은 잠에 들어 기억하지 못할 뿐, 무의식 속에서도 꿈은 진행된다.

그렇다면 이 꿈이란 것을 잘 때만이 아닌 깨어 있을 때도 꾸게 만든다면 어떨까?

그걸 가능케 하는 것이 테베즈가 가진 두 번째 권능이었다.

[리얼 드림(Real Dream):옛 기억]

"꿈을 꾸며 죽어라."

테베즈가 비석을 들어 올렸다.

아셀라우시스의 이름이 서서히 사라져 간다.

그는 아셀라우시스에게 두 가지 장치를 해 두었다.

하나는 혹시 모를 일에 대비해 그의 이름을 비석에 적어 둔 것이고, 나머지 하나는 비석의 힘으로 그의 영혼에 각인을 새긴 것이다.

당연히 신격이 된 아셀라우시스는 처음엔 각인을 허락하지 않았다.

그러나 각인은 힘을 증폭시켜 주는 효과가 있었다.

자신감에 찬 그는 힘만 증폭시켜 주는 각인이라면 자신이 컨트롤할 수 있다고 믿었다.

실제로 그가 살아 있을 땐 테베즈가 어찌지 못했다.

아니, 어찌할 수 있어도 하지 않았을 것이다.

이유는 간단했다. 애초부터 그가 김성현에게 패배할 거란 걸 가정하고 새겼기 때문이다.

"크크큭!"

각인의 진정한 힘은 김성현이 아셀라우시스의 시체를 흡수하고부터 시작된다.

이젠 완전히 지워진 아셀라우시스가 적혀 있던 칸에 또 다른 이름이 새겨지기 시작했다.

듀란달이 당황한 목소리로 외쳤다.

[비, 비석에 주인님의 이름이!]

"이것이 우둔한 아버지의 뜻. 나의 승리를 원하시는, 혼돈의 뜻이다!"

비석이 뿜어내는 종말의 힘이 점점 커지기 시작했다.

[주인님! 주인님! 일어나셔야 합니다! 이대론 죽는다고요!]

"어, 어떻게 된 거야?"

어느새 다가온 롤랑이 힘겨운 얼굴로 물었다. 테베즈의 압박감에서 아직도 벗어나지 못한 듯했다.

[모르겠습니다. 아무래도 저자가 개수작을 부린 것 같은데……]

"칫!"

롤랑은 혀를 차며 검을 쥐었다.

상황이 어떻게 돌아가는지는 모른다. 그저 저 괴물 같은 자에게서 최대한 시간을 벌어야 한다는 것만 본능적으로 느끼고 있었다.

그는 각오를 다지고 기운을 일으켰다.

얼마나 강할지는 감도 오지 않는다. 1초도 버티지 못할 수도 있겠단 생각이 들었다.

"그래도 한다!"

오래전, 요툰이 판데리아를 침공했을 때도 절망스럽긴 마찬가지였다.

황금빛 신성력이 롤랑의 몸에서 터져 나왔다. 그것은 거대한 날개가 되어 크게 펄럭였다.

테베즈가 같잖다는 어투로 말했다.

"쓰레기 같은 놈이."

그는 롤랑을 향해 손가락을 까닥였다. 저 정도 녀석에겐 권능을 쓰는 것도 아깝다.

항거할 수 없는 힘이 롤랑을 짓눌렀다.

롤랑은 다급하게 검을 위로 들어 힘을 차단했지만 입에서 피를 뿜었다.

몸 전체가 기계화됐다곤 하지만 인간의 신체 구조를 베이스로 만든 육신이었다.

일반 장기보다 내구도가 수만 배 올랐을 텐데도 오장육부가 뒤틀리는 느낌이다.

일부 장기들은 확실히 파손되었다. 자가 복구 시스템이 작동하긴 했지만 복구 속도가 파괴 속도를 쫓질 못한다.

'괴물……!'

하지만 알고 있었지 않나.

지금 막으려는 상대는 우주의 대신격들을 한참이나 초월한 존재라는 것을.

롤랑은 이를 악물었다. 발악한다고 이길 거란 생각은 들지 않는다.

그래도!

"버틴다!"

롤랑이 있는 힘을 다해 짓누르는 테베즈의 힘을 쳐 냈다.

"호오? 쳐 냈다?"

테베즈의 눈에 이채가 스쳤다.

가짜 세계의 대신격 따위가 이 정도 저력을 뽐낼 줄이야. 이 정도면 데몬크로스에게도 뒤지지 않을 정도다.

그러나 딱 그 정도. 아까운 인재인 건 확실하지만…….

"상관은 없겠지."

부하가 급한 것도 아니다.

한 번 더 손을 까딱였다.

"크헉!"

롤랑의 몸이 종잇장처럼 구겨지며 파괴되었다.

인간이 아니었기에 즉사하진 않았지만 더 이상 아무것도 할 수 없었다.

테베즈는 마무리를 짓기 위해 손을 한 번 더 까딱이려고

했다.

탁!

누군가의 손이 그의 손가락을 붙잡았다.

우드득!

그러곤 손가락을 뒤로 꺾으며 부러트렸다.

미약한 통증에 테베즈가 인상을 찌푸렸다.

"어떻게 움직이지?"

"……."

테베즈는 자신의 손가락을 부러트린 주인을 보았다.

생기가 없는 탁한 눈과 목적 없이 떠도는 시선. 김성현이었다.

지금쯤 리얼 드림으로 인해 아무것도 할 수 없어야 정상이었다.

일반적인 상태로 리얼 드림에 빠진 거면 모를까, 지금은 움직이는 것 자체가 불가능했다.

그만큼 테베즈의 준비는 철저했다.

"설마 본능으로 움직이는 건가? 그게 아니라면 꿈속에서 뭔가 벌어지고 있는 걸지도 모르겠군."

뭐가 됐든 놀랍기는 마찬가지다.

"역시 괴물 같은 녀석이야. 하지만 그래 봤자지."

테베즈가 이죽이며 손가락째로 그의 손을 떼어 냈다. 뜯

겨 나간 손가락은 금방 자라났다.

처음엔 좀 골려 주다 끝내려고 했는데 안 되겠다. 이러다 정말 깰 수도 있겠단 걱정이 들었다.

손을 들었다. 놈의 머리통을 날려 버리고 흡수하면 모든 게 끝난다.

"흐흐흐! 기다려라, 요그 소토스! 네놈의 왕좌를 내가 차지해 주마!"

놈은 분명 이곳을 주시하고 있을 것이다.

하지만 이미 늦었다. 지금 움직인다고 결과가 바뀌진 않는다.

자신은 이곳에서 총 4개의 권능을 손에 넣게 된다. 그 누구도 넘볼 수 없는 격과 힘을 얻게 되는 것이다.

상대가 외우주의 왕이자 최강이라는 요그 소토스라고 할지라도 말이다.

"그간 재밌었다, 김성현."

비석에 적힌 김성현의 이름이 은빛으로 빛나기 시작했다. 테베즈는 환하게 웃으며 손을 휘둘렀다.

"안 되지."

황금빛 잔상이 광속으로 나타나더니 테베즈의 손을 지워 버렸다.

"큭! 네놈은!"

잔상이 한곳으로 뭉치며 하나의 인형이 되었다. 테베즈가 눈살을 찌푸렸다.

"네가 왜 여기에 나타난 거지?"

"오랜만에 고향 우주에 찾아온 게 잘못된 건가?"

황금빛이 넘실거리는 인간형 모습의 존재.

그는 분명 슈퍼노바였다.

한창 외우주에서 다른 신격이나 그에 준하는 괴물들과 전쟁을 치르고 있어야 할 그였다.

"이 개 엿 같은 이레귤러 새끼가! 날 방해할 참이냐!"

"넌 균형을 깰 셈인가?"

모든 감정을 버린 슈퍼노바의 목소리는 굉장히 차분했다.

그 점이 테베즈를 더욱 자극했다.

고작해야 갓 신격이 된 주제에 누구에게 훈계를 한단 말인가?

김성현이고 슈퍼노바고 너무나 건방졌다. 그리고 오만했다.

"그래, 좋다. 넌 그 녀석들 견제용으로 제격이라고 생각해서 놔뒀는데, 네놈도 내가 흡수해 주지. 크크크큭!"

"뭔가 단단히 착각하는구나."

"뭐?"

슈퍼노바가 손을 뻗었다. 거대한 힘의 기류가 테베즈를

옭아매기 시작했다.

테베즈는 쌍심지를 켜며 악에 받친 얼굴로 힘의 기류를 끊어 냈다.

"이까짓 거! 이딴 걸로 내 움직임을 막을 수 있을 줄 알았더냐!"

"내 권능이 뭔지 넌 모르겠지. 그들의 눈을 피해 계속 이곳에 숨어 지냈으니까."

"건방진 소릴 잘도 내뱉는구나!"

"내가 어떻게 외우주에서 지금까지 살아남았다고 생각하지?"

외우주는 신격에게도 극히 위험한 세계다.

그곳에서 살아가는 다른 신격들을 비롯한 세계를 위협하는 괴물들, 외우주에서 힘겹게 살아가는 종족들은 차원이 다른 힘을 가지고 있었다.

아무리 슈퍼노바라도 그곳에서 생존하는 건 극히 어려운 일이었다.

실제로 수많은 위험을 경험했고, 목숨이 위태로웠던 적이 한두 번이 아니었다.

그런데도 지금까지 살아 있는 이유는 단 하나.

"허세라도 떨 작정이냐?"

"너의 힘, 내가 가져가겠다."

"닥쳐! 이 만들어진 가짜 녀석!"

테베즈의 신형이 어둠으로 물들며 쏜살같이 슈퍼노바를 덮쳤다.

그의 권능 리얼 드림이 발동했다.

영원한 꿈속으로 보내는 건 불가능하겠지만, 조금이라도 움직임을 멈춘다면 자신의 승리다.

슈퍼노바의 황금빛 육신이 작은 빛 가루가 되어 허공에 흩날린다.

[명경지수(明鏡止水):클리어 마인드(Clear Mind)]

테베즈의 눈이 점점 커지기 시작했다.

"마, 말도 안 돼!"

슈퍼노바의 몸을 감싼 황금빛이 완전히 사라졌다. 동시에 숨죽이고 있던 힘이 빠르게 깨어났다.

테베즈는 더 이상 놀라고 있을 수 없었다.

최대한 그들의 시선을 피하기 위해 숨기고 있었지만 지금부턴 목숨이 위태로워질 것이다.

노인의 자글자글한 피부가 갈라지며 동그란 기포 형태의 등껍질이 나타났다.

그곳에서 길게 뻗은 붉은색 촉수들이 튀어나왔다.

촉수들은 마치 혈관처럼 꿈틀거리며 끝에 뚫린 구멍에서 죽음의 안개를 뿜어냈다.

[이 모습, 정말 오랜만이로군!]

그것은 테베즈가 본체화한 모습이었다. 마치 거대한 단세포 생물을 보는 것 같았다.

하지만 겉모습과는 달리 흘러나오는 기세는 상상을 초월했다. 요그 소토스가 인간체를 버리고 본체화했을 때의 박력에 절대 밀리지 않았다.

[크큭! 내가 본체를 꺼내게 만들다니, 놀라운 녀석이군! 하지만 실수한 것이다. 이 내가 본체를 꺼낸 이상 살 수 있는 생명체는 존재하지 않아!]

"과연."

두근!

빛이 모두 사라진 슈퍼노바는 마치 혼돈과도 같았다.

혼돈 속에서 꿈틀거리고 있는 또 다른 혼돈.

모든 것을 집어삼키고 싶은 욕망을 드러내는 사악한 어둠의 어금니.

명경지수? 클리어 마인드?

[저, 저 녀석은 대체 무슨……!]

자신이 내뱉은 권능명과는 전혀 다른 외형에 테베즈는 당혹감을 감출 수 없었다.

잡아먹히고 만다.

[이 내가?]

순간적으로 그런 생각이 들었다는 사실에 불쾌해졌다.

고작 1살도 채 안 된 신격에게 잡아먹힌다니, 질 나쁜 농담이다.

테베즈는 등껍질의 기포를 꿈틀거리며 진한 사기를 퍼트렸다.

[고통 속에 몸부림치며 죽어라.]

비석에서 강렬한 빛이 쏟아지며 수많은 광선의 세례가 터져 나왔다.

흉측한 혼돈의 모습을 한 슈퍼노바가 본체화되고 처음으로 입을 열었다.

-아무것도 없다.

광선이 거짓말처럼 사라져 간다.

꿀렁!

테베즈의 촉수들이 꿈틀거리며 역겨운 체액을 쏟아 냈다.

[무슨 짓을 한 건진 모르겠지만 후회하라!]

체액들이 사악한 괴물의 형상으로 변했다.

괴물들은 각자 끔찍한 기운을 발산하며 슈퍼노바에게 달려들었다.

권능은 아니지만 테베즈가 태초부터 가지고 있던 힘이었다.

닿는 모든 걸 죽음으로 이르게 하는 강력한 저주!

아직 퀘스트 월드가 만들어지기 전, 테베즈는 외우주를

공포에 떨게 만든 장본인이었다.

 비록 요그 소토스에게 패하고 그의 산하로 들어가게 되었지만, 그 힘이 어디 가는 것은 아니다.

 [너 같은 애송이는 모르겠지! 자, 울어라!]

 크아아아! 키요요요욕!

 괴물들이 저마다 괴성을 지르며 슈퍼노바를 물어뜯기 시작했다.

 퀘스트 월드는 이미 형체를 유지하지 못하고 무너져 내렸다. 사방에 뻗어 있는 균열의 틈으로 외우주의 사기(死氣)가 흘러 들어왔다.

 [조금 급하군.]

 비석이 발광하며 또 한 번 광선 세례를 쏟아 냈다.

 두 놈을 일단 대충 흡수하고 비밀 거처를 만들어야 한다. 요그 소토스가 오기 전에 말이다.

 광선 세례가 정확히 슈퍼노바에게 직격했다. 혼돈의 몸체가 찢겨 나가며 폭발했다.

 [외우주에서 살아남은 게 자랑인가? 크크큭! 가소로워! 가소롭다고! 애송아!]

 -그런가.

 깨갱! 키에에에엑!

 갑자기 괴물들이 고통에 울부짖으며 허공으로 나가떨어

졌다.

 테베즈는 수많은 눈을 가늘게 떴다.

 찢긴 혼돈의 몸체가 다시 뭉치기 시작한다. 그러곤 점점 몸집을 불렸다.

 거기서 테베즈는 강한 위화감을 느꼈다.

 [동요하지 않는다.]

 저항할 수 없는 공격에 위축되어도 이상하지 않았다.

 사실 겁먹은 개처럼 꽁지를 말고 도망쳐야 정상이었다.

 그 정도 격차였다.

 그런데 왜 슈퍼노바는 저리도 평온하단 말인가.

 [설마?]

 -명경지수는 누군가를 공격하는 권능이 아니다. 그저 나의 무심(無心)이 극대화한 형태일 뿐.

 […농담 마라.]

 -난 착각했다. 모든 외우주의 신격이라면 나와 같은 깨달음을 얻었을 거라 생각했지. 아니었더군. 이건 나만의 특별함이었어.

 [지, 진짜인가! 진짜냔 말이냐!]

 -진짜인지, 거짓인지 무엇에 그리 집착하나. 결국 무로 돌아갈 것을.

 [크아아아악!]

아무 일도 벌어지지 않았다. 그러나 테베즈는 괴로운 비명을 터트렸다.

단세포 생물과도 같은 모습이 구겨지고, 갈라졌다. 그 틈으로 피로 추정되는 녹색 체액이 흘러나왔다.

슈퍼노바의 혼돈의 몸체에서 하나의 눈동자가 떠졌다. 붉게 번들거리는 그 눈동자는 아무것도 보고 있지 않았다.

✷ ✷ ✷

쿠르릉!

하늘이 번쩍하며 수십 줄기의 푸른 번개가 바닥에 내리꽂혔다.

갈라진 대지에선 용암이 마구잡이로 튀어나오고, 해안가에선 1킬로미터가 넘어가는 해일이 밀려 들어왔다.

대륙 전체에 퍼진 화산은 처음부터 지금까지 꾸준히 폭발하고 있었다.

잔느는 보호막 안에서 두려움에 떨고 있었다.

"어, 어떻게 되는 걸까요?"

"나도 모르겠어."

그녀의 뒤엔 페이지가 서 있었다. 그는 걱정스러운 얼굴을 하고 있었다.

현재 판데리아 대륙은 항거할 수 없는 자연재해로 뒤집어진 상태였다.

수많은 시간선은 완전히 짓뭉개져 세상은 혼돈이 되었다.

시스템은 작동하지 않았고, 생츄어리로 돌아갈 수도 없었다. 플레이어들은 아무것도 할 수 없었다.

"이렇게 죽는 걸까요?"

"잔느……."

"허무하네요. 무엇을 위해 이렇게 달려왔는지 모르겠어요."

그녀가 슬픈 눈빛으로 번개가 떨어져 내리는 하늘을 올려다보았다.

오늘따라 예전에 만났던 김성현이 떠올랐다.

그처럼 강한 자라면 지금 상황을 어떻게든 타개할 수 있을지도 모른다.

같은 생각이었는지 페이지가 김성현을 언급했다.

"김성현 그 녀석은 지금쯤 뭐 하고 있을까?"

"하하……. 저랑 같은 생각을 하고 계셨네요."

"너도 그 녀석 생각하고 있었어?"

"네."

"하긴 그 녀석이 떠오르는 날씨긴 하다. 살아 있긴 하겠지?"

그의 마지막 모습은 자신들을 습격했던 괴한과 싸우는 모습이었다.

자신들을 안심시키고 사라졌지만 안심이 될 리 없었다. 김성현만큼 그때 나타났던 괴한도 엄청 강했기 때문이다.

잔느가 끄덕였다.

"분명 어딘가에 살아 계실 거예요. 특이 케이스시잖아요. 그것도 엄청나게 강한."

김성현이 어떤 존재가 되었는지, 세계가 왜 이 지경이 되었는지 모르는 둘이었다.

현재 판데리아가 이렇게나마 유지되고 있는 이유는 전적으로 김성현 덕분이었다.

그가 앞으로 펼쳐질 격전에서 플레이어들과 주민들을 보호하기 위해 사전에 힘을 쓴 것이다.

그러나 그것도 한계였다.

재앙이 계속될수록 김성현이 안배해 놓고 간 힘은 서서히 사라지게 된다.

그렇게 되면 재앙은 거세질 것이고, 우주 전체를 뒤흔드는 힘의 급류에 흔적도 없이 소멸하고 말 터다.

이런 상황에서 살아남을 수 있는 플레이어가 있을까 싶었다. 있어도 아마 한 손에 꼽힐 것이다.

잔느가 갑자기 내리는 눈을 보며 씁쓸한 미소를 지었다.

"이번엔 또 눈이 내리네요. 번개랑 눈이라……. 오묘한 조합이에요."

"바닥에선 용암이랑 거센 불길이 들끓고 있잖아. 완전 믹스 매치지. 이 정도면."

"슬프네요."

잔느가 울먹이며 페이지의 어깨에 기댔다.

페이지는 눈을 감고 고개를 위로 들었다.

두 사람의 힘이 거의 다해 보호막도 곧 끝이다.

행성이 폭발하는 것보다 보호막이 깨져 재앙에 휩쓸려 죽는 게 더 빠를 것이다.

그렇게 생각하니 뭔가 후련하기도 하고, 두렵기도 했다. 복잡 미묘한 감정에 페이지가 입을 열었다.

"사랑해."

"에?"

"사랑해, 잔느."

"…저도요."

두 사람은 끔찍한 재앙 속에서 꼭 껴안았다.

보호막이 깨지며 대지 틈에서 솟구치는 용암이 그들을 휩쓸었다.

✳ ✳ ✳

"이게 무슨 일인지 모르겠단 말이야."

김성현은 어둠으로 가득 찬 공백에 하나씩 떠오르는 인물들을 보았다.

모두 익숙한 자들이었다.

그중엔 친분이 깊었던 자들도 있었고, 목숨을 걸고 다투던 자들도 있었다.

그는 뒷머리를 긁적였다.

왜 갑자기 이런 세계에서 눈을 뜬 건지는 모른다. 별로 궁금하지도 않았다. 분명 꿈일 테니까.

일단 늘어지게 하품을 해 보았다. 외우주의 신격이 되고 이렇게 생생한 꿈을 꾼 건 처음이었다.

"자각몽이구나."

꿈이라는 것을 아는 걸 보니 자각몽이 분명했다.

살면서 처음으로 꿔 본다. 이런 기분이었구나.

자각몽은 꿈의 주인이 원하는 모든 걸 만들 수 있다는 얘길 들은 적이 있었다.

일단 가볍게 피자부터 상상해 보았다. 정말 오래전에 먹어 보고 구경조차 못해 봤다. 자각몽에 관한 소문이 사실이라면 쉬울 것이다.

……

"개뿔! 안 만들어지네!"

피자는커녕 밀가루 도우조차 만들어지지 않았다.

김성현은 빠르게 체념했다. 어차피 안 되는 거, 괜히 집착할 필요가 없다.

일단 왜 이런 꿈을 꾸고 있는지가 중요하다.

그리고 지금 이곳에 있는 자들은 왜 말없이 자신을 보고 있는지도 알아내야 한다.

잠들기 전에 뭘 했는지부터 떠올렸다.

"어라?"

기억나지 않는다.

롤랑을 만난 것까진 기억난다.

그와의 대화 도중 갑자기 우주가 일그러졌다. 그다음부턴 기억이 지워진 것처럼 아무것도 안 떠오른다. 그 이후에 무슨 일을 당한 게 분명했다.

듀란달이라도 있다면 좋으련만, 지금 자신에게 상황 설명을 해 줄 이는 아무도 없었다.

김성현은 가장 앞에서 뚫어지게 보고 있는 아셀라우시스를 보았다. 놈은 아까 전부터 다른 자들과 달리 내내 실실거리고 있었다.

"이 기분 나쁜 녀석!"

말아 쥔 주먹으로 아셀라우시스의 뺨을 후려쳤다.

묵직한 소리와 함께 그가 수십 미터 날아가나 싶더니 되감기한 것처럼 원래 자리로 돌아왔다. 그러곤 아까처럼 징

그렇게 웃기 시작했다.

"이런 미친……."

괜히 더 불쾌해졌다.

아셀라우시스의 뒤를 보았다.

누기르가 음울한 얼굴을 한 채 자신을 보고 있다.

그 옆엔 마신이 특유의 장난기 가득한 표정으로 보고 있다.

또 옆엔 이전에 상대했던 적들이 도미노처럼 주르륵 나열되어 있었다.

이번엔 반대편을 보았다.

자신과 친분이 있던 자들이 웃는 얼굴을 하고 있다.

가벼운 관계부터 시작해서 자신과 끈끈한 정으로 엮인 이들까지 다양했다.

그중 가장 그리운 얼굴은 정중앙에 위치해 있었다.

"아린도 있잖아."

아린은 방실방실 웃고 있었다. 그녀에게 가까이 다가가자 웃음이 더 환해졌다.

모습을 보아하니 에피소드 1 당시의 모습이었다. 에피소드 5의 성녀 모습이 아니란 게 조금 의외였다.

'이 당시에 내 감정이 더 강했다는 건가?'

문득 그런 생각이 들었지만 고개를 저었다.

아린은 아린이다. 나이는 상관없다.

그렇게 생각하자 그녀의 모습이 점차 성숙한 모습으로 뒤바뀌었다.

미소는 조금 더 환해졌다. 아름다웠다.

그녀의 볼을 어루만지며 머리를 거칠게 헝클어뜨렸다.

곧 다시 만날 수 있을 것이다. 그때까지 부디 건강하길.

"그나저나 진짜 여긴 대체 뭐 하는 곳이야?"

김성현은 인물들의 얼굴 하나하나를 살펴보았다.

왜 이자들이 여기에 있는지 모르겠다.

그 와중에 지구 시절의 인연도 꽤 많았다.

짬이 낮던 시절에 매일같이 갈구던 사령관도 있고, 사랑을 나누었던 이능력 전투원 칼리도 있었다.

지금은 아린밖에 없지만 예전에는 그녀에게 많이 기대었다. 그 때문에 애 같다며 나중엔 차였지만.

그녀가 죽던 날 얼마나 울었는지 모르겠다.

헤어지고 남남이 되긴 했지만 계속해서 그녀를 연모해 왔다. 지금에 와선 완전히 잊어버렸지만 말이다.

다른 사람을 보았다.

그는 아직 악마들이 침공하기 전, 학생 시절의 친구였다. 엄청 친하진 않고, 그냥 같이 다니는 친구 중 하나였다.

가끔 게임방에 같이 가고, 분식집 가서 밥 먹고. 그렇지만 사생활은 공유하지 않는, 딱 그 정도였다.

"얘도 죽었겠지."

지구는 멸망했다. 깡그리 싹 말이다. 이곳에 있는 지구의 인연 중 살아 있는 자는 한 명도 없다.

그는 조금 걸었다.

모두 아는 얼굴들이었지만 안면만 있을 뿐 친분이 있는 자들은 극히 드물었다.

대충 10분 걸었을까. 김성현이 누군가의 앞에서 걸음을 멈추었다.

한 명이 아니었다. 총 3명의 구성원으로 아린 못지않을 정도의 미소로 그를 보고 있었다.

김성현은 순간 눈물이 날 뻔했다.

생물을 초월한 정신력 때문에 눈물이 나지 않았다. 순간 벅차오른 감정도 빠르게 진정됐다.

"오랜만이네, 다들."

대답은 들려오지 않았지만, 굳이 말하지 않더라도 그들의 목소리가 귓가에 아른거려 왔다.

아랫입술을 깨물었다.

"엄마, 아빠, 형."

세 사람, 그들은 김성현의 가족이었다.

그들은 악마들이 침공한 그날, 목숨을 잃었다. 모두 다른 장소에서. 시체조차 찾을 수 없었다.

꽤나 고위 관직까지 오르고 가진 권력을 동원해 찾아본 적이 있었다.

역시나 무리였다. 이미 시간이 많이 흐른 상태였고, 시체가 남아 있었어도 찾는 건 불가능했을 거다.

그런데 여기 이렇게 멀쩡한 모습으로 웃고 있다.

"참 이상한 꿈이야. 이건 좋은 꿈인지, 나쁜 꿈인지 모르겠어."

그는 씁쓸하게 웃으며 가족들에게 말했다. 그들은 웃고 있을 뿐이었다.

주름진 아버지의 손을 붙잡았다.

온기가 남아 있다. 막노동으로 인해 까슬까슬한 피부가 손끝에 느껴졌다.

어머니의 손은 주방 일로 잔뜩 불어 있었다. 살찐 체형도 아닌데 손만 뚱뚱했다.

마지막으로 형의 손을 붙잡았다.

"크흑……."

초월적인 정신력이 무너져 내렸다.

형의 손등엔 큰 흉터가 남아 있었다. 어릴 적, 깨진 유리에서 자신을 구하다가 난 흉터였다.

볼을 타고 눈물이 쉴 새 없이 흘러내렸다.

되살려 낼 것이다. 지구에서 발생했던 거짓말 같은 일을 없었던 일로 만들 것이다.

눈물로 벌겋게 달아오른 두 눈에 강한 각오가 새겨졌다.

형의 손을 놓았다. 김성현은 눈물을 닦았다.

"다들 기다리고 있어. 반드시 내가 만나러 갈게. 꼭."

오래 걸리지는 않을 것이다.

일단 이 꿈에서 깨는 게 중요하다.

김성현은 마음을 차분하게 가라앉혔다. 그의 두 눈에 오랜만에 무심(無心)이 자리 잡았다.

지금은 버린 깨달음이지만 전보다 훨씬 더 이 깨달음을 잘 활용할 수 있을 것 같았다.

버렸던 깨달음을 재활용하는 게 모순적이지만 아무래도 좋았다.

[명경지수(明鏡止水):클리어 마인드]

그것은 슈퍼노바가 얻어 낸 고유의 권능이자 무심의 완전무결한 진화형 경지였다.

"나는 이곳에서 벗어난다."

[명경지수+라플라스의 악마:가능성 초기화]

맑고 깨끗해진 마음속에서 수많은 가능성이 완전히 사라졌다.

동시에 그 가능성들은 불가능함을 깨부수고 완전히 새로운 가능성으로 변모했다.

이 꿈에 대한 정보가 머릿속으로 빠르게 들어왔다.

잠들기 전의 기억이 모두 떠오르며 옅은 미소가 입가에 맴돌았다.

무심과 인간의 욕망이 하나가 되며 만들어진 또 다른 깨달음이 그의 몸에서 뿜어져 나왔다.

있을 수 없는 경지, 외우주의 신격 중에서도 최상위의 존재들만이 발을 들였다는 그곳.

[모순 세계]

이제부터 꿈을 깨고 나갈 생각이다. 테베즈의 얼굴에 주먹을 힘껏 날려 주기 위해서.

✻ ✻ ✻

"모순 세계에 누군가 발을 들였다."

"그 녀석이잖아? 놀라운데?"

"이거… 더 크기 전에 잡아야겠는데?"

"또 다른 힘의 출현은 불가하다."

"나와 비슷한 시기에 탄생한 신격……. 재밌구나."

거대한 외우주의 중심에 모인 다섯 존재가 가운데 놓인 구체를 보며 각자의 생각을 내뱉었다.

구체 속엔 김성현의 모습이 흘러나오고 있었다.

그들은 퀘스트 월드의 심상치 않은 변화를 느끼며 계속해서 그를 주시하고 있었다.

테베즈에게 당하나 싶더니 완전히 새로운 깨달음으로 발을 내디뎠다.

요그 소토스가 비릿한 미소를 지었다.

"재밌어지겠군. 우보 녀석, 슈퍼노바에게도 쩔쩔매는데 김성현까지 감당하려면 죽어나겠군."

"정말 죽게 놔둘 작정?"

그 옆에 다리를 꼬고 앉아 있는 슈브가 물었다.

니알라토텝도 궁금한지 그를 쳐다보았다. 나머지 둘은 별로 관심 없는 듯했다.

요그 소토스가 턱을 문질렀다. 그는 현재 인간의 모습을 하고 있었다. 별 이유는 없었다.

"저곳에서 죽기엔 아까운 놈이지. 놈의 비석도 어떻게든 해야 하고."

"흥! 마음만 먹으면 예전부터 어떻게 할 수 있었잖아?"

슈브의 날선 목소리에 요그 소토스가 픽 웃었다.

"짜증 나긴 하지만 굳이 그럴 필요까진 없지. 아무튼 문제는 김성현이다. 인간의 힘으로 여기까지 오른 존재는 태초부터 지금까지 단 한 명도 없었다."

"우리가 나서?"

니알라토텝의 물음에 그가 고개를 저었다.

"적격자가 하나 있다."

"설마……."

"그를 보낼 작정이군. 확실히… 신격은 아니되, 신격을 뛰어넘는 괴물 중의 괴물이니까."

"그럼. 누구 핏줄인데."

"그렇고말고."

니알라토텝의 발언에 요그 소토스와 슈브가 고개를 끄덕였다.

태어난 지 얼마 안 되는 마리앙스가 고개를 갸웃거렸다.

"누굴 말하는 거지?"

"외우주의 신격은 아니나 그에 준하는… 어쩌면 우리와 대등할지도 모르는 괴물이 하나 있다."

"그런 존재가 있다는 얘긴 처음 들었다."

"그럴 수밖에."

설명을 하던 달로스가 씩 웃었다.

표정이 없기로 유명한 그가 웃는 건 모두가 놀랄 만한 일이었다.

그가 마저 말을 이었다.

"지금쯤 어딘가의 심해 속에 처박혀 부활을 꿈꾸고 있을 테니까."

Chapter 2

테베즈는 거대한 좌절을 느꼈다.

슈퍼노바의 힘에 대한 좌절이 아니었다. 그것은 자신을 옭아매고 있는 제약으로 인한 좌절이었다.

만약 제약이 없었다면, 예전처럼 완전무결한 상태였더라면 과연 이런 꼴을 당했을까?

진명을 쓸 수만 있었어도, 요그 소토스에게 패배하지만 않았어도!

[크아아아아아아!]

이런 꼴을 당하려고 지금까지 추접스럽게 살아남은 게 아니다.

그날, 굴욕을 참아 가며 목숨을 부지한 게 아니란 말이다!

[이런 데서 소멸하려고 버틴 게 아니다!]

쿠우웅!

강한 힘의 파동이 테베즈를 중심으로 뻗어 나갔다.

슈퍼노바는 눈을 껌뻑거리며 보호막을 펼쳤다.

투명한 막이 파르르 떨렸다. 지금 그가 발산하는 힘이 얼마나 큰지 가늠할 수 있었다.

-놀랍군.

뚝뚝 끊어지는 목소리에 감정은 묻어 나오지 않았다. 그럼에도 어느 정도 진정성은 느껴졌다.

슈퍼노바는 혼돈을 엮어 거대한 팔을 만들었다. 명경지수 상태이기에 어떤 것도 그에게 접근할 수 없다.

팔을 길게 늘려 테베즈를 공격했다.

비석이 빛나며 외우주에 영향이 갈 정도의 광선이 뿜어져 나왔다.

팔이 찢겨 나간다. 그러나 고통은 없었다. 팔은 광선에 소멸하는 와중에도 비슷한 속도로 재생했다.

[언제까지 견딜 수 있겠는가!]

혈관 같은 촉수들이 일제히 슈퍼노바를 향했다.

구웅!

등껍질에 달라붙어 있는 기포들이 크게 팽창했다.

연녹빛을 띠던 기포가 핏빛으로 물들더니 바람 빠진 풍선처럼 쭈그러들었다.

 동시에 촉수들의 아랫부분이 둥글게 팽창하며 안에 담긴 것이 그대로 위로 쏘아졌다.

 그것은 액체로 이루어진 핏빛 덩어리였다.

 [맞으면 좀 아플 거다.]

 핏빛 액체 덩어리가 보호막에 닿았다.

 그러나 속도는 전혀 줄어들지 않았다. 처음부터 아무것도 없었다는 듯 액체 덩어리는 보호막을 뚫고 슈퍼노바에게 직격했다.

 -이건 뭐지?

 [널 지옥으로 떨어트릴 선물.]

 핏빛 액체가 퍼지며 빠른 속도로 슈퍼노바의 몸체를 뒤덮었다.

 슈퍼노바가 붉은 눈을 빛내며 기운을 일으켰다.

 명경지수의 힘으로 통증 같은 하찮은 감각은 이미 초월해 버린 상태다.

 액체의 정체가 뭔지는 모르겠지만 그에게 피해를 줄 순 없었다.

 -허튼짓이다.

 혼돈이 또 한 번 뒤엉키며 송곳 형태를 띠었다. 액체가 전신에 퍼지기 전에 테베즈를 죽일 작정이었다.

송곳이 고속으로 회전하며 가느다란 선 하나에 매달린 채 쏘아졌다.

[명경지수라는 권능을 제외하면 볼 것도 없군!]

그의 갈라진 몸에서 괴물들이 튀어나왔다.

아까 만든 괴물들과 같은 종류로 일제히 송곳을 향해 달려들었다.

퍼버벅! 팍!

압도적인 관통력에 괴물들이 흔적도 없이 찢겨 나갔다. 하찮은 외형과는 달리 만만치 않은 위력이었다.

그래 봐야 일반 공격에 지나지 않는다.

비석의 중앙에 적힌 이름 하나가 밝게 빛났다.

[종말의 비석:툴차]

허공에 초록색 불꽃이 소환되더니 불꽃의 힘이 송곳을 감쌌다. 그러자 그곳의 공간만 엄청난 세월이 흐르듯 송곳이 부패를 거쳐 완전히 풍화되었다.

[쿨럭!]

테베즈가 입으로 추정되는 곳에서 피를 토해 냈다.

종말의 비석은 적혀 있는 외우주의 신격의 이름을 가능한 역량 내에 사용할 수 있었다.

그 힘 때문에 예전에 요그 소토스가 그를 마무리하지 못한 것이다.

하나 지금의 테베즈는 전성기 시절에 비하면 너무나 약했다.

아셀라우시스의 이름을 집어삼킨 것으로 어느 정도 제약이 느슨해졌지만 아직 한참 멀었다.

[이, 이름이 필요하다.]

예전이라면 툴차의 힘을 빌려 오는 데 무리가 없었다. 그런데 지금은 한 번 사용했다고 피를 토해 버렸다.

테베즈는 씁쓸하게 웃었다.

[대충 세 번 정도 더 힘을 빌려 올 수 있겠군.]

억지로 하면 네 번까지도 가능하겠지만, 그건 너무 위험 부담이 크다.

자존심이 상하지만 세 번으로도 충분하다.

핏빛 액체 덩어리의 반응도 슬슬 올 것이다. 그는 지체하지 않고 곧바로 비석의 힘을 사용했다.

[종말의 비석:이오마그누트]

3개의 꽃잎 형태의 불꽃이 나타났다.

불꽃은 엄청난 열기를 폭발시키며 슈퍼노바를 향해 움직였다.

-귀찮은 권능이다.

혼돈의 몸체를 움직여 넓은 방패를 만들었다.

그 순간!

-흠…….

몸의 움직임이 서서히 굳기 시작했다.

슈퍼노바는 침음을 흘리며 몸을 억지로 움직이려 했다. 그러나 뭔가에 걸린 것처럼 꿈쩍하지 않았다.

이유는 알 것 같았다. 테베즈가 쏘아 낸 핏빛 액체들이 원인일 것이다.

무슨 성분으로 구성된 건지는 모르겠지만, 시간 벌이에 불과하다.

[시간 벌이에 불과하다 생각하겠지.]

슈퍼노바의 시선이 테베즈를 향했다.

어느새 다가온 이오마그누트의 불꽃이 그의 몸을 불태우기 시작했다.

고통은 없지만 이대로 둔다면 본체가 크게 타격을 입을 것이다.

[맞나 보군. 크크큭! 네 생각처럼 시간 벌이용이 맞다. 그리고 성공적이었지. 다음 공격으로 넌 소멸한다. 절대 막을 수 없을 거다.]

-이건 위험하군.

이 불꽃도 상당한데, 그에 준하는 공격에 당하면 정말 소멸할 수도 있다.

살짝 위험하단 생각이 들었다.

명경지수로 금방 차분해졌지만 위험이 사라진 것은 아니다. 어쩌면 소멸도 염두에 둬야 한다.

그때 테베즈의 의기양양한 목소리가 들려왔다.

[아마도 끝이다. 이번 건 꽤 크게 준비했거든.]

[종말의 비석:니알라토텝]

쩌적!

우주 한복판에 직경 수천 킬로미터의 균열이 그려졌다.

테베즈의 전신이 터지며 금방이라도 죽을 것처럼 괴로움에 울부짖었다.

[크아아아아악!]

[감히 나를 사용해?]

균열에서 끔찍한 수준의 사기를 띤 목소리가 흘러나왔다. 슈퍼노바조차 본능적으로 몸을 흠칫했다.

균열 속에서 굉장히 큰 눈동자가 보였다.

강한 증오와 분노가 담긴 눈동자는 단번에 퀘스트 월드의 얼마 남지 않은 기반을 파괴하기 시작했다.

[니알라토테에엡! 닥치고 내 권능으로 사용돼라!]

종말의 비석에서 거역 불가능한 힘이 흘러나왔다. 테베즈가 그녀에게 이죽이듯 말했다.

[계약했잖나. 응?]

[이 빌어먹을 쓰레기가!]

[크하하하하! 나를 위해 움직여 달라고! 옛 동료!]

니알라토텝이 불쾌한 눈으로 테베즈를 쏘아봤다. 눈빛만으로 우주가 멸망할 것 같았다.

슈퍼노바는 그 틈에 핏빛 액체를 모두 제거해 냈다. 그들의 대화가 어느 정도 이어져서 다행이었다.

하지만 그녀를 막을 수 있을지는 또 다른 문제였다.

전처럼 인간형 수준의 힘만 발휘한다면 모를까, 균열 속의 눈동자는 분명 본체의 것이다.

-지금의 난 어렵다.

도망치는 거라면 모르겠지만, 김성현을 위해서라도 맞서야 한다.

니알라토텝이 가소롭단 듯이 말했다.

[도망치지 않는다?]

-막는 거라면 불가능하진 않다.

[예전이었다면 아주 재밌고 흥미로웠을 테지만 시기가 안 좋았다. 내가 너무 열 받은 상태거든.]

균열이 깨져 나가며 그녀의 본체 일부가 나타났다.

슈퍼노바를 압도하는 혼돈으로 이루어진 몸체였지만 전체적으로 인간의 형상을 띠고 있었다.

그녀는 너풀거리는 기다란 머리카락을 뾰족하게 세웠다.

세계를 집어삼킬 듯한 혼돈의 파도가 밀려 들어온다.

슈퍼노바는 명경지수를 한 번 더 발동했다.

[명경지수:무상심(無常心)]

[가소로워.]

[혼돈의 바다:원초(原初)]

넘실거리는 혼돈의 파도가 검은 포말을 뿌린다.

완전한 무(無)의 세계로 빠진 슈퍼노바의 공허한 눈에 강한 에너지가 가득 들어찼다.

-모든 것은 처음엔 아무것도 없다. 그것은 혼돈 역시 마찬가지. 최초는 공허하다.

[그건 너의 힘이 날 넘어섰을 때의 이야기고.]

-흡!

슈퍼노바의 주변으로 퍼져 나가던 무상심의 공허가 혼돈의 파도에 집어삼켜졌다.

감각을 넘어선 본질적인 무언가가 그의 정신에 직접적인 위해를 가했다.

그 순간 슈퍼노바는 보았다. 외우주에서 보던 거대한 혼돈의 옥좌를. 그곳에서 무표정으로 이곳을 주시하고 있는 절대자를.

[원초란 그분에게서 비롯된 힘이다.]

-아자토스, 모든 것의 주인.

[건방지게 그분의 이름을 함부로 부르지 말지어다!]

테베즈의 광선이 그의 몸을 관통했다. 동시에 혼돈의 파도가 그를 덮쳤다.

혼돈이 베이스가 되는 존재는 아무리 신격이라도 혼돈의 바다를 피할 수 없다.

니알라토텝은 그런 면에서 슈퍼노바의 완벽한 상위 호환이었다.

그녀가 쓰레기를 보는 눈으로 테베즈를 노려보았다.

[곧 너도 저렇게 되리라.]

[호호! 기대하지.]

균열과 함께 니알라토텝이 사라졌다.

아니, 사라지려 했다.

[어둠의 인력+라이프 올 데스+라플라스의 악마]

"어딜 가려고."

균열이 강력한 인력의 힘으로 닫힌다.

모든 경우의 수가 차단되듯 니알라토텝의 움직임이 멈추었다.

그녀가 인상을 찌푸렸다.

이건?

"운이 좋아. 일부나마 가장 위험한 녀석들 중 하나의 힘을 확 줄일 수 있다니."

[김성현!]

길게 뻗은 김성현의 손바닥에서 거대한 권능이 물결쳤다.

니알라토텝은 자신의 생이 빠르게 박탈되어 가는 걸 느꼈다.

이것은 슈브 니구라스의 권능과 비슷했다.

더 놀라운 것은 그 권능의 힘이 자신에게 통하고 있다는 점이다.

[어떻게?]

"원망은 널 불러낸 저 녀석에게 하라고!"

[네놈! 어떻게 리얼 드림에서……!]

"글쎄?"

김성현이 테베즈를 웃으며 쳐다보았다.

[네 녀석… 눈빛이?]

[정말로 모순 세계에 들어온 것인가.]

[거짓말! 저 녀석이 나도 아직 오르지 못한 진정한 신격을 얻었다고?]

"네가 못한다고 남도 못한다고 생각하지 마."

[명경지수:무상심]

테베즈의 흉측한 얼굴에 경악이 떠올랐다.

그건 니알라토텝도 마찬가지였다.

저 권능은 분명 방금 전에 슈퍼노바가 사용한 것이다. 설마 그사이에 슈퍼노바를 흡수했단 말인가?

[놈은 살아 있다.]

슈퍼노바는 아직도 혼돈의 파도 안에 잠들어 있다.

하지만 권능이란 게 여러 명이 동시에 얻을 수 있는 거였던가?

[불가능하다! 권능은 신격의 고유 개성! 닮을 수는 있어도 같을 수는…….]

"네 덕분이지."

[뭐라?]

"나와 슈퍼노바가 어디서 신격이 되었는지 잊은 거냐?"

테베즈가 고개를 갸웃거리다 깨달았는지 눈을 크게 떴다.

두 존재 모두 아무것도 없는 공간에서 엄청난 세월을 보냈다.

그것은 죽음을 넘어서는 시련이었고, 둘에게 무심(無心)이란 깨달음을 강제적으로 안겨 주었다.

[하, 하지만 아셀라우시스는…….]

"그 녀석이 특이했던 거지."

[거짓말…….]

"그건 마음대로 생각하시고. 자, 끝을 보자."

김성현의 양손에 우주를 우그러트릴 힘이 쥐어졌다. 니

알라토텝이 코웃음 치며 말했다.

[웃기는구나! 그걸로 뭘 할 수 있지? 날 처치할 수 있다고 생각하는 건 아니겠지?]

"확실히 넌 여기서 완전히 소멸시키지 못하겠지. 애초에 비석의 힘으로 불려 온 거고, 진짜 본체일 리도 없으니까. 하지만."

[하지만?]

"그 일부나마 흡수할 수 있으면 개이득이라고! 듀란달!"

[네!]

듀란달이 뿅! 하고 허공에서 나타났다.

검날 군데군데 이가 나갔고, 그립은 반쯤 부러져 있었다. 외우주의 신격들의 싸움에 휘말린 결과였다.

그래도 살기 위해 아등바등 도망친 결과 소멸은 피할 수 있었다.

김성현은 그가 자랑스러웠다.

"미안하다."

[별말씀을요.]

김성현이 손바닥으로 검 전체를 훑었다.

황금빛 신성력이 일렁이며 망가진 부분이 모두 새것처럼 바뀌었다.

"꼭 죽여 줄게! 니알라토텝!"

듀란달이 아름다운 곡선을 그리며 세로로 그어졌다.

니알라토텝은 중심을 파고드는 통증에 눈살을 찌푸렸다. 그러면서도 기쁜 목소리로 대답했다.

[기대하지.]

그녀의 모습이 먼지가 되어 사라졌다.

손을 뻗어 그 힘을 몸 안으로 흡수했다.

비석의 권능으로 소환됐다고는 하지만 실로 대단한 양이었다. 이 정도가 고작 일부에 불과하다니, 소름이 끼쳤지만 한편으론 흥분됐다.

"내가 이긴다."

그는 그렇게 중얼거리며 테베즈를 쳐다보았다. 한평생의 악연을 여기서 끊을 때다.

※ ※ ※

"후우······."

"어땠는가?"

잠에서 막 깬 듯한 니알라토텝의 옆엔 요그 소토스가 앉아 있었다. 그의 눈은 호기심으로 가득했다.

니알라토텝은 피식 웃으며 자신의 손을 들여다봤다.

아주 강력하고 멋진 힘이었다. 일부의 일부 수준에 불과

했지만 자신이 일방적으로 당했다.

"당신이 볼 땐 어땠어?"

"역으로 질문하는 것인가?"

"맞아."

"흠, 솔직히 많이 놀랐다. 그는 이미 외우주에서도 절대 꿀리지 않는 힘을 손에 넣었어. 한데……."

"더 할 말이 있나?"

요그 소토스가 안경을 매만졌다. 그는 잠시 고민하는 얼굴을 하나 싶더니 피식 웃어 버렸다.

니알라토텝은 그 웃음의 의미를 알았지만 굳이 캐묻지 않았다. 어차피 말해 줄 것을 알고 있었으니까.

그녀의 예상대로 잠깐 뜸을 들인 요그 소토스가 말했다.

"그 정도로는 부족하다. 모순 세계에 진입한 건 좋았다만, 그 정도로는……."

"후후!"

"차라리 우리와 손을 잡는 편이 김성현에겐 이로울 것이야. 그 정도 인재라면 지금까지 벌인 일을 충분히 눈감아 줄 수 있으니까."

"알고 있잖아. 그 녀석, 절대 포기하지 않을 거라는 걸."

"물론."

요그 소토스가 큰 입술을 비틀어 올렸다.

김성현은 소멸하는 한이 있더라도 어떻게든 자신들을 끌어내리려 할 것이다.

가능성이 있든 없든 말이다.

그리고 권능 5개라면 충분히 도전해 볼 만한 가치가 있었다.

"그 결말은 결국 파멸이겠지만."

"김성현은 곧 외우주로 들어올 거야."

"알고 있다. 테베즈의 생명 신호가 끊어지려고 하고 있어."

"개입하려면 지금이다. 귀찮은 모든 걸 싹 정리할 수 있어."

"니알라토텝, 그런 건 언제든지 할 수 있었다. 그냥 하지 않았을 뿐이야. 지금도 그렇고."

요그 소토스의 싸늘한 말에 니알라토텝은 입을 다물었다. 틀린 말이 아니었다.

애초에 퀘스트 월드는 그들의 작품이다.

외우주의 신격에겐 인과율 같은 것도 없으니 개입은 지금 당장이라도 할 수 있었다.

그렇게 하지 않은 이유는 단순했다.

"가치가 없어. 방금 전에 확신했다."

자신들의 편이 된다면 모를까, 계속해서 적대한다면 김성현은 쓸모가 없다.

직접 움직이는 건 시간 낭비다.

니알라토텝도 그의 생각과 동일했다.

힘의 일부를 빼앗겼다지만 사실 타격은 크게 없었다. 요그 소토스와 비교해도 밀릴 게 없는 그녀였다. 김성현 따위를 죽이는 건 일도 아니다.

"일단 당신의 생각은 잘 알겠어. 그 망나니 같은 년 설득이나 잘해 봐."

망나니 같은 년은 슈브 니구라스였다.

요그 소토스가 실실 웃으며 말했다.

"걱정 마라. 그보다 이제 가야 하지 않나?"

"맞아. 날 기다리고 계실 거야. 후, 또 이해할 수 없는 말을 잔뜩 하시겠지."

"외우주 최고의 지성인 너니 그 정도라도 할 수 있는 것 아니겠나. 나도 그만 가지. '그 아이'를 보러 가야 하니까."

"김성현에게 신경 안 쓴다며?"

"그건 그거고, 이건 이거지. 넌 보고 싶지 않나? 둘의 피 튀기는 싸움을."

"그 꼬맹이 녀석, 강함만큼은 무시할 수 없긴 하지. 그 녀석이 나서면 지금까지 잘 버틴 김성현도 죽을지 몰라."

"어차피 지금부터는 유흥."

요그 소토스와 니알라토텝이 동시에 웃음을 터트렸다.

"난 그만 가지."

요그 소토스의 신형이 서서히 사라져 갔다.

홀로 남은 니알라토텝은 김성현의 마지막 모습을 떠올리며 피식 웃었다.

요그 소토스에겐 말하지 않았지만 그녀는 꽤 기대하고 있었다.

이례적이라고 해도 좋을 만큼 빠른 성장 속도.

분명 자신을 기쁘게 해 줄 것이다. 무엇보다 요그 소토스가 말한 그 아이와 함께라면 더욱이.

그녀의 입가에 주체할 수 없는 미소가 번졌다.

"새로운 장난감은 언제나 환영이야."

  * * *

테베즈는 갈기갈기 찢긴 채 우주를 떠돌고 있었다. 비석의 막대한 힘을 사용한 대가였다.

김성현은 허탈했다. 자신의 복수 대상이었던 자다. 그런데 이런 꼴을 보니 복수하고 싶은 마음이 싹 사라졌다.

외우주의 신이니 시간이 지나면 원상태로 돌아오겠지만, 그것도 꽤 시간이 걸릴 터.

[왜? 내가 추한가?]

"어."

[그럼 죽여라.]

테베즈의 목소리엔 힘이 들어 있지 않았다.

김성현은 머리를 긁적였다.

복수할 마음이 사라진 건 사라진 거지만, 테베즈를 살려 둘 수는 없다.

어차피 수많은 원한 관계로 얽히고설켜 있다.

살려 주면 누군가의 후환이 될 것이고, 자신의 목을 또 한 번 조르러 찾아올 것이다.

지금의 감정과는 별개로 김성현은 손을 들었다.

-끝을 낼 건가.

의식을 회복한 슈퍼노바가 말을 걸어왔다.

니알라토텝의 혼돈의 바다에 침식되어 많이 약해지긴 했지만 그 역시 외우주의 신. 금방 회복할 것이다.

"악연의 고리를 이만 끊어야지. 그 전에 하나 물어보자."

[흐흐! 내가 답해 줄 거라 생각하나?]

"아마도."

[…물어봐라.]

김성현이 피식 웃었다.

츤데레 자식.

"거창한 게 궁금한 건 아니고. 너, 진명이 뭐야?"

[그건 꽤나 거창한 질문이다만?]

"무슨 이름 하나에 거창하기까지 하냐."

[맞습니다.]

듀란달이 호응해 주자 테베즈가 짧은 침음을 흘렸다.

말은 이렇게 했지만 김성현도 알고 있었다.

외우주의 신격의 진명은 분명 거창한 게 맞다. 그 이름에 담긴 힘은 존재의 정체성이라고 봐도 무방했다.

그리고 테베즈는 자신의 진명을 봉인당한 상태였다.

테베즈가 씁쓸한 어조로 말했다.

[흐흐! 어차피 죽을 몸, 제약 따윈 상관없겠지.]

이미 희망은 모두 사라진 상태. 이런저런 꼴을 당하니 더 이상 살고 싶지 않았다.

그는 눈동자를 굴려 김성현을 보았다.

자신이 만들어 낸 최고의 걸작품.

결국 그의 손에 최후를 맞지만 이 또한 나쁘지 않은 결말이다.

오히려 그가 요그 소토스를 죽여 주길 바랐다. 그렇게만 되면 결과적으로 계획은 성공하게 되는 셈이니까.

[내 진명……. 후후! 정말 오랜만에 직접 입 밖으로 꺼내 보는군.]

긴 시간이었다.

요그 소토스에게 패배한 후부터 죽기 직전인 지금까지

자신의 모든 걸 걸어 잠근 족쇄.

그 족쇄가 이제 풀리려고 한다.

[내 이름은 우보 사틀라. 모든 외우주의 신들을 기록하는 자였다.]

그 순간 우주 공간을 꿰뚫고 나타난 빛이 테베즈를 덮쳤다.

김성현은 다급하게 빛을 막으려 했지만 되레 힘에서 밀려 버렸다.

"크윽! 테베즈!"

[위험합니다, 주인님!]

"빌어먹을……. 얼마나 강한 제약이었던 거야?"

빛은 2~3초 정도 유지되다 사라졌다.

하지만 그 2~3초는 신격 하나를 지워 버리기에 충분한 위력이었다.

심지어 테베즈는 약해질 대로 약해진 상태. 버티는 건 불가능했다.

김성현은 화가 난 얼굴로 빛이 떨어진 곳을 보았다.

거대한 균열 틈으로 보이는 건 외우주였다. 그곳에선 아무것도 느껴지지 않았다.

"이 개자식들."

테베즈를 죽여서 화가 난 게 아니다. 그는 원래 죽이려 했었다. 다만 물어볼 게 더 있었다. 그리고 죽이는 김에 힘과 권능을 흡수했어야 했다.

솔직히 어떤 제약이든 막아 낼 수 있을 줄 알았다.

[한두 존재가 엮인 제약이 아니었습니다.]

급하게 힘을 끌어 올렸다지만 김성현이 아무것도 못하고 나가떨어질 정도의 빛이었다.

어째서 테베즈가 제약의 굴레에서 벗어나지 못했는지 알 것 같았다.

명경지수를 사용해 뜨거워진 머리를 차갑게 식혔다.

지금은 시작에 불과하다. 앞으로 넘어야 할 산은 차고 넘친다. 그건 절대 감정적으로 해낼 수 있는 게 아니다.

테베즈의 힘을 얻지 못한 것은 아쉽지만 소득이 없는 건 아니었다.

-이제 외우주로 넘어갈 텐가.

뒤에서 주시하고 있던 슈퍼노바가 다가와 물었다.

김성현은 그를 힐긋 보고 고개를 위로 들었다. 일단 해야 할 일이 있다.

"볼일 좀 보고 온다."

-마음대로.

"그보다."

-뭐지.

"넌 내 조력자인가?"

-모르겠군. 우린 조력이란 감정으로 얽힌 관계가 아니잖나.

극단적인 무심으로 목소리에 높낮이가 없으니 질문인지, 아닌지 구분할 수가 없다.

김성현은 피식 웃었다. 구분은 못해도 그가 무슨 말을 하고 싶은지는 알았다.

"잘 부탁한다."

외우주에서 등을 맡길 존재는 반드시 필요하다. 마신과 누기르를 흡수함으로써 확실히 알게 되었다.

슈퍼노바라면 충분히 도움이 될 것이다.

이미 외우주를 한 번 경험해 보지 않았던가. 경험이란 건 무시할 수 없는 것이다.

"금방 다녀온다."

-마음대로.

김성현은 그를 뒤로하고 판데리아로 향했다.

얼마나 지켜졌을지는 모르겠지만 형체만 존재한다면 복구할 수 있다.

판데리아에 도착하자 눈살이 찌푸려지는 걸 막지 못했다.

세상이 끈적거리는 용암으로 뒤덮여 있고, 하늘에선 거대한 소용돌이와 함께 비, 눈, 번개가 떨어지고 있다.

지진은 얼마나 시도 때도 없이 일어났는지 판데리아는

완벽하게 멸망한 상태였다.

"행성이 유지되고 있다는 게 신기한데……."

[끔찍합니다.]

김성현이 격의 힘을 빌려 보호막을 펼치지 않았더라면 진즉에 소멸했을 것이다.

일단 살아남은 생면 반응이 몇 개 느껴졌다. 아마도 최상위 플레이어들, 그중에서도 특이 케이스임이 확실하다.

그들을 다른 차원에 따로 분리시켰다.

갑자기 무슨 상황인지 이해하지 못하겠지만 이해 따위 안 시켜도 된다.

행성이 텅 비자 그제야 본격적으로 힘을 사용했다.

[라이프 올 데스:복구]

원래라면 생명체가 아닌 행성엔 라이프 올 데스를 사용할 수 없다.

그러나 모순 세계란 또 다른 경지에 진입하면서 생물, 무생물의 경계를 완전히 깨부쉈다.

망가진 행성이 빠르게 수복되며 끝없이 진행되던 재앙들이 하나하나 멎어 갔다.

새까맣던 하늘은 어느샌가 구름 한 점 없는 맑은 하늘이 되었다.

땅 위로 내려온 김성현은 갈라진 대지의 균열을 모두 닫고 생명을 활짝 피웠다.

 행성 하나 관리하는 것쯤은 숨 쉬는 것보다 쉬웠다.

 판데리아 대륙은 빠르게 태곳적 모습을 되찾아 갔다.

 모든 작업이 끝났을 때 대륙엔 더 이상 사람의 손길을 찾아볼 수 없었다.

 [이제 어쩌실 겁니까?]

 "판데리아 한정 시스템을 수복시켜야겠지. 생츄어리도 다시 열고."

 퀘스트 월드는 우주 전체를 배경으로 하지만 판데리아 대륙을 중점으로 스토리가 진행된다.

 당연히 판데리아 대륙만의 시스템이 따로 구축되어 있었다. 시간선이 바로 그것이었다.

 퀘스트 월드의 시간선은 판데리아에서부터 시작된다.

 지금은 기반 자체가 무너져 시스템이 제 기능은커녕 소멸한 것과 다름없었다.

 "어차피 운영진 놈들도 전부 손을 뗀 것 같으니 내 마음대로 할 거야."

 이건 추측이었다.

 운영진들은 아직까지 이곳에 관심을 두고 있을지도 모른다. 만약 그렇다면 지금 하는 짓은 굉장히 위험한 행위다.

 그러나 분명 그만큼의 메리트도 있었다.

퀘스트 월드는 만들어진 가짜 우주다. 가짜긴 하지만 우주의 규모만큼은 진짜와 크게 다르지 않았다.

잘만 이용하면 이곳은 그만의 공간이 되거나, 성역이 될 수도 있었다.

외우주의 신에게 성역은 그다지 의미가 없지만, 있으면 좋았다.

그런 이유 때문에 퀘스트 월드를 먹으려는 건 아니지만 좋은 게 좋은 거다.

"지금부터 시작한다."

[넵!]

김성현이 정신을 집중했다. 파괴됐던 시스템이 머릿속에 떠오르며 재조립되기 시작한다.

지금부터 퀘스트 월드는 자신의 입맛에 맞게 변할 것이다.

그리고 다른 놈들의 영향력 따윈 절대 미치지 않는 절대적인 요새가 될 것이다.

오히려 이 요새에 요격당해 죽게 되리라.

"그렇게 되게 만들어 주마."

　　　　＊　＊　＊

빛 한 점 들지 않는 어두컴컴한 심해의 밑바닥.

그곳에 가라앉은 거대한 석좌 위에 앉은 존재가 노란빛의 눈을 번쩍 떴다.

Chapter 3

김성현이 손에 묻은 먼지를 털어 냈다.

[시스템은 다시 만드셨으니, 이젠 뭘 하십니까?]

"되살려 내야지."

[주민들을요?]

"주민들은 되살릴 필요가 없지."

이미 시간선을 완전히 복구시켰다.

퀘스트 월드의 시스템을 이용해 언제든 그들이 살아 있던 때로 이동하는 게 가능했다.

살리고, 자시고가 필요 없는 것이다.

듀란달이 눈치챘는지 고개를 끄덕이는 것처럼 검날을

움직였다.

[플레이어들을 부활시키려는 거군요.]

"맞아."

외신격들의 충돌로 가장 피해를 본 건 퀘스트 월드의 플레이어들이었다.

극소수의 강자를 제외하고 모든 플레이어가 죽었다.

생츄어리가 사라지니 도망칠 곳이 없고, 시스템 자체가 망가져 현재 시간대로 강제로 옮겨지면서 천재지변에 휩쓸려 모두 죽었다.

죄 없는 자들이었다.

그들은 운영진의 장난감으로서 평생을 이곳에서 고통받다 죽었다.

김성현 자신도 외신격이 되지 않았다면 그들과 처지가 다르지 않았으리라.

"탐색."

김성현이 땅을 짚자 녹색 파동이 행성 전체에 퍼져 나갔다.

용암에 휩쓸려 시체는 남지 않았겠지만 영혼 반응은 찾을 수 있다.

그의 머릿속에 죽어 간 플레이어들의 위치가 하나씩 잡히기 시작했다.

"다 찾았다."

[…어떻게 그런 게 가능하십니까?]

김성현은 지금 쉽게 해내고 있지만 시체도 남지 않은 영혼의 위치를 찾아내는 건 극도로 어려웠다.

신위를 얻은 제령사도 행성 전체의, 그것도 일부 영혼만을 골라내는 건 불가능하다.

사실 지금까지 김성현이 보여 준 기적 아닌 기적들을 보면 이 정도는 아무것도 아니리라.

다만 하다 하다 영혼까지 다 찾아내 버리니 기가 찬 것이다.

"글쎄다? 그냥 할 수 있는 거야."

김성현이 심드렁하게 대답했다.

[얼마나 더 많은 것들을 하실 수 있는 겁니까?]

"글쎄? 네가 무엇을 상상하든 그 이상이지 않을까?"

그러면서 피식 웃는 김성현.

듀란달은 질려 버리고 말았다.

그를 뒤로하고 다시 영혼을 한곳으로 모으는 데 집중했다.

행성 전역에 퍼져 있던 플레이어들의 영혼이 그들이 있는 곳으로 모여들었다. 그 수는 셀 수 없을 정도로 많았다.

김성현은 턱을 문지르며 잠깐 고민하더니 이내 고개를 끄덕였다.

[라이프 올 데스:부활]

영혼들이 제각각 다른 빛을 뿜어내더니 사람의 형체로 바뀌기 시작했다.

[허허!]

"어차피 더 이상 여기 있을 필요는 없으니 돌려보내 주는 게 좋겠지."

[그런 것도 가능……. 아니, 말을 말겠습니다.]

"후후!"

김성현은 그들이 완벽하게 부활하는 걸 지켜봤다. 나름 장관이었다.

약 5분 정도가 흐르자 그들 모두 얼떨떨한 표정으로 주변을 둘러보았다.

"이, 이게 어떻게 된 거지?"

"난 분명 벼락을 맞고 죽었는데……."

"나는 용암에 휩쓸려서."

"난 허리케인 타고 수천 미터 상공까지 올라갔다가 밑으로 추락사……."

그들은 자신들이 죽음에 이른 경위를 모두 기억하고 있었다.

주변이 순식간에 떠들썩해졌다.

수만 명이 동시에 말을 하고 있다. 한 사람이 한마디만 해도 수만 마디가 한꺼번에 튀어나오는 것이다. 시끄러워지지 않는다면 그게 더 이상하다.

김성현은 손을 위로 들어 박수를 쳤다.

짝!

가벼운 박수였지만 그 소리는 전혀 가볍지 않았다. 수만 명의 플레이어의 시선이 일제히 김성현에게 꽂혔다.

처음엔 의아한 표정을 짓던 그들은 곧 경계하기 시작했다.

그들 역시 평범한 사람이 아니다. 김성현에게서 느껴지는 범접할 수 없는 분위기를 읽은 것이다.

"누구지?"

가장 가까이 있던 민머리의 근육남이었다.

그는 보통 사람보다 2배는 큰 주먹을 가지고 있었다.

무엇보다 자신감 넘치는 저 얼굴. 아직 절망을 보지 못한 게 분명했다.

레벨도 딱 적당하게 40 정도 되었다.

일반 플레이어가 40레벨이라면 이제 막 초보티를 벗어난 수준으로, 적당한 난이도를 거쳤으리라.

그가 무서운 얼굴을 찌푸리며 김성현에게 다가갔다.

"누구냐고 묻… 헉!"

근육남이 입을 열기가 무섭게 그의 육중한 몸이 공중으로 떠올랐다.

모두의 시선이 근육남에서 김성현에게로 이동했다.

김성현은 어깨를 으쓱였다. 그가 한 게 아니었다.

그때 인파를 뚫고 비단결 같은 붉은 머리카락을 한 미인이 걸어 나왔다.

머리색처럼 타오를 듯한 H 라인 드레스를 입은 그녀의 입술은 정열적인 레드였다.

오랜만에 화끈한 미녀를 보는 것 같았다.

"수준 파악도 못하는 애송이가 왜 나서니?"

여인은 허공에서 발버둥 치는 근육남을 던져 버렸다.

그는 엉덩이를 문지르며 벌떡 일어나 소리치려 했지만 여인의 동료로 보이는 남자가 그의 목에 검을 겨누었다.

무기까지 되돌려 준 적은 없는데 검이 어디서 났는지 모르겠다.

근육남의 입이 꾹 다물어졌다.

그때 근처에서 소곤거리는 소리가 들려왔다.

"저 여자, 자, 장미 여왕 아니야?"

"맞아! 나 실제로 본 적 있다고!"

"여, 여기에 오버로즈의 멤버가 왜? 혹시 그녀도 죽었던 건……."

여인은 아무래도 유명인인 듯 보였다.

확실히 이곳에 모인 플레이어 중에서 손에 꼽힐 정도였다.

먼저 타 차원에 보낸 플레이어들에 비하면 상당히 손색이 있긴 하지만 그들은 음지에서 활동하는 자들. 일반 플레이어들과는 격이 다르다.

"장미 여왕?"

"반갑습니다. 아무래도 당신이 저흴 이곳으로 부른 것 같은데, 맞나요?"

그녀는 묘한 색기를 흘리며 물어 왔다.

눈웃음이 장난이 아니다. 과연 저 미소로 얼마나 많은 남자들을 죽여 왔을까.

김성현이 픽 웃었다. 근육남에게 검을 겨누던 자가 매서운 눈초리를 보냈다.

그러다 뚫리겠다, 인마.

"눈치가 빠르네."

"그렇다면 저희를 살려 낸 것도… 당신인가요?"

다음 질문을 하는 그녀의 얼굴엔 긴장한 기색이 역력했다.

질문을 하면서도 자신이 무슨 말을 하는지 몰랐으리라.

죽은 자를 부활시킨다는 건 그 정도였다.

김성현은 대답 대신 미소를 유지했다.

역시나 눈치 빠른 장미 여왕은 미소의 의미를 알아챘다. 그녀의 안색이 나빠졌다.

"당신은… 혹시 퀘스트 월드의?"

뒷말을 붙이진 않았지만 정황상 유추하지 못하는 게 이

상하리라.

 김성현은 그녀에게서 시선을 돌리고 다른 플레이어들을 쳐다봤다.

 수만 명 모두 그녀의 질문을 들었을 리는 없겠지만 적어도 근처에 있는 자들은 들었다.

 어차피 시간을 길게 끌 생각은 없었다.

 "지금부터 너희 모두를 고향으로 돌려보낼 거다."

 평소와 같은 목소리였지만 모두에게 전달되었다. 그들은 매우 놀란 얼굴이 되었다.

 "지금까지 개 같은 새끼들 때문에 고생하느라 수고했다. 고향에 돌아가면 마음 편하게 지내도록."

 "자, 잠깐!"

 "뭐지?"

 김성현이 그들을 각자의 고향으로 돌려보내려 하자 장미 여왕이 다급하게 손을 들었다.

 그녀는 머릿속이 복잡한지 우물쭈물하며 고개를 가만히 있지 못했다.

 그녀의 동료 남자가 한숨을 쉬며 장미 여왕을 끌어안았다.

 굉장히 남자다워 김성현은 저도 모르게 감탄했다.

 "호오~"

 "진정해."

그러거나 말거나 남자가 그녀의 볼을 문지르며 진정시켰다. 아무래도 동료 이상의 관계인 듯 보였다.

이런 데서도 사랑이 싹트는구나.

[주인님은 게임 속 인물이랑 사랑에 빠졌잖아요.]

"음……."

반박할 수가 없다. 김성현은 헛기침을 한 번 하고 장미 여왕에게 물었다.

"왜 불렀지?"

"저기, 고향으로 간다는 게 저희가 나고 자란 곳을 말하는 건가요?"

"그럼."

"…이곳에 계속 있는 건 안 되겠습니까?"

"왜?"

이해할 수 없었다. 당연히 고향으로 돌아가고 싶은 게 정상이어야 했다.

하지만 그건 하나만 알고 둘은 몰랐기 때문에 할 수 있는 발상이었다.

장미 여왕이 잠시 뜸을 들이다 말했다.

"제 고향은 더 이상 존재하지 않습니다. 운석의 충돌로 행성 전체가 멸망했어요. 거기서 자살을 하려다 퀘스트 월드 운영진의 제안으로 이곳으로 넘어오게 됐어요. 처음엔 이곳의 엔딩을 보고 고향별을 되살리려고 했지만… 지금은 그곳보다 이곳이 제게 더 소중합니다."

장미 여왕은 그렇게 말하면서 옆에 있는 남자의 손을 꼭 붙잡았다.

그 외에 다른 이들도 부탁하기 시작했다.

"저도 마찬가집니다……. 이곳이 제 집입니다."

"솔직히 에피소드 클리어하면서 사는 게 재밌습니다. 여러 세상을 경험하고, 위기를 뛰어넘고, 사선을 걷는 게 제 인생입니다."

"전 돌아가고 싶습니다! 보내 주세요!"

"저, 전 제가 원래 있던 시간선에 부인이 있습니다! 비록 가짜지만… 제겐 진짜입니다! 그 시간선으로 보내 주십시오!"

의견은 사람 수만큼이나 다양했다. 김성현은 그들의 목소리를 모두 경청했다.

처음엔 빨리빨리 끝내려고 그들 모두를 고향으로 돌려보내려 했다. 당연히 돌아가고 싶을 거라 생각했고, 그 편이 편했기 때문이다.

하지만 이렇게 된 이상 어영부영 넘어갈 순 없었다. 시간이 조금 걸리더라도 힘을 써 볼 작정이었다.

"모두의 생각은 잘 들었다. 그대들이 원하는 대로 해 주지."

"저, 정말이십니까?"

"감사합니다!"

"고맙습니다!"

김성현은 괜히 기분이 좋아졌다. 누군가에게 이렇게 감사를 받은 적이 언제였던가.

일단 그들의 생각을 전부 읽는 게 중요하다. 그러기 위해선 모두의 도움이 필요하다.

"다들 지금 자신이 원하는 걸 강렬히 떠올려라."

원래 사람이 이 정도로 모이면 반항하거나 믿지 않는 자들이 나와야 정상이다.

사람이란 게 그렇게 만들어졌기 때문이다.

그러나 지금 그들은 누구보다 간절했다. 그런 그들의 생각을 읽는 건 어렵지 않았다.

"좋아."

[다 읽으셨습니까?]

"응."

수만 명의 기억을 고작 몇 초 만에 읽어 냈다. 외신격들을 소멸시키고 흡수한 것보다 이게 더 놀랍다.

그들의 기억을 모두 받아들인 후 김성현이 짧게 한숨을 토해 냈다.

준비는 끝났다.

양손을 앞으로 뻗은 다음 정신을 집중했다.

비슷한 생각을 가진 자들을 그룹별로 나누고 일자로 정렬시켰다.

다른 사람이 보기엔 가만히 서 있는 것 같지만, 그의 머릿속에선 수많은 시뮬레이션이 돌아가고 있었다.

양손에 푸르스름한 기운이 흘러나왔다.

"전송."

위잉!

절반이 넘어가는 인원이 푸른빛에 휘감긴다.

엄청난 장관에 듀란달은 말을 잇지 못했다.

하늘까지 치솟은 푸른빛의 기둥은 아름다운 입자 가루를 허공에 뿌렸다.

김성현이 주먹을 쥐며 가슴 안쪽으로 모았다.

빛의 기둥이 크게 일렁이며 하늘에 차원문을 열었다.

퀘스트 월드의 시스템이 요동치며 게임의 근본이 되는 인과율이 재조정되기 시작했다.

"다중 차원 접속."

김성현의 눈동자에 수많은 회로들이 스쳐 지나갔다.

퀘스트 월드에 저장되어 있던 플레이어들의 고향 차원의 기록들이 허공에 펼쳐졌다.

수많은 좌표가 머릿속을 헤집었지만 외신격에겐 한 줌에

불과한 정보량이었다.

그가 씩 웃으며 가슴 안으로 모았던 팔을 넓게 펼쳤다.

빛의 기둥이 거짓말처럼 사라지며 남기를 원한 플레이어를 제외한 플레이어들이 모두 사라졌다.

각자의 고향 차원으로 이동된 것이다. 아주 성공적으로.

"후······."

김성현이 기분 좋게 숨을 토해 냈다.

남은 플레이어들은 그가 보여 준 기적에 입을 다물지 못했다.

그런 그들에게 물었다.

"너흰 일단 생츄어리로 보내 주마. 원하는 시간선이 있는 자들은 생츄어리에 가면 방법을 알 수 있을 거다."

"감사합··· 니다."

장미 여왕이 고개를 꾸벅 숙였다. 그러자 다른 플레이어들도 같이 고개를 숙였다.

나쁘지 않은 기분이었다.

손가락을 튕겨 그들을 모두 생츄어리로 보내 주었다.

타 차원에 보냈던 플레이어들도 함께 보냈다. 이곳에 더 이상 플레이어는 없었다.

"···여야 하는데······. 너넨 왜 있냐?"

"···오랜만."

"오랜만이에요!"

김성현은 환하게 웃고 있는 여자아이와 어색해하는 청년을 보았다.

잔느와 페이지였다.

✢ ✢ ✢

"일단… 오랜만이다."
"정말 반가워요!"
"반가워."

전후 사정은 제쳐 두더라도 두 사람은 나름 그리운 얼굴들이었다.

물론 보기 전까진 기억조차 못하고 있었지만.

그것까진 입 밖으로 꺼내지 않았다.

잔느는 정말 기분이 좋은 듯 김성현의 손을 붙잡았다.

"정말 성현 님이 저희를 다 되살려 내신 거예요?"

그녀는 커다란 눈망울을 반짝이며 물었다. 김성현은 난감했지만 웃는 얼굴로 고개를 끄덕였다.

"그래. 내가 했어."

"와아아! 어떻게 하신 거예요? 특이 케이스들은 다 그런 게 가능한 거예요?"

"아니."

"그럼 성현 님만 가능……."

"잔느, 실례다."

페이지가 들떠서 마구 질문하는 잔느의 어깨를 붙잡았다. 그제야 그녀가 자신의 실수를 깨닫고 급히 고개를 숙였다.

"아, 죄송해요. 오랜만에 만나서 너무 들떴나 봐요."

뻐죽 혀를 내밀며 사과하는 모습이 귀엽다.

김성현은 그녀의 머리를 헝클었다. 가슴팍도 오지 않는 키라 머리를 쓰다듬기 편했다.

많이 밝아졌다.

예전에 봤을 땐 팀에서 제일 어린데도 불구하고 리더 역할을 맡아 어깨가 무거워 보였었다.

이렇게 순수한 모습을 보여 주지도 않았고.

김성현은 페이지 쪽으로 시선을 돌렸다. 그는 한숨을 푹 내쉬며 지금까지 있었던 일을 설명했다.

"…그렇게 된 거다."

"그렇군. 그런데 너흰 어떻게 여기 남아 있는 거지? 난 분명 모두 생츄어리로 보냈는데."

"그건 모르지."

"저희에겐 아무런 영향도 오지 않았어요."

그럴 리가 없었다.

이곳에 있는 모든 인원을 파악했고, 그들이 원하는 대로 해 주었다.

자신이 하는 일에 실수 따윈 없었다.

'애초에 살려 낸 플레이어 한정으로 일을 진행시켰어.'

되살린 수와 이동시킨 수는 같다.

혹시 생존자 중 하나인가 싶었지만 그건 더 말이 안 됐다.

생존자들은 사전에 타 차원으로 피난시켜 놨기 때문이었다. 그중에 빠트린 플레이어는 한 명도 없었다.

외신격도 실수를 하긴 하지만 고작 행성 단위로 실수하진 않는다.

그렇다면 이들은 어디서 나타난 걸까?

"너희 기억을 좀 읽겠다."

"우리 기억을?"

"기억 같은 것도 읽을 줄 아시는 건가요?"

"한다."

질문을 무시하고 그들의 눈을 주시했다.

굳이 깊은 심층까지 파고들지 않았다. 비교적 최근의 기억들만 샅샅이 살펴봤다. 그리고 이유를 알아냈다.

김성현은 헛웃음을 지으며 눈썹을 긁적였다.

"너희 지금 이곳에 없구나?"

"엥? 그게 무슨 말이야?"

"저희가 이곳에 없다뇨?"

잔느와 페이지를 느끼지 못한 게 당연했다.

두 사람은 현재 판데리아의 이면 세계에 존재했다. 덕분에 재앙 속에서도 살아남은 것이다.

이면 세계에 들어간 방법도 참 웃겼다. 단순히 두 사람의 살고 싶다는 염원이 강하게 발현되었는데, 그게 이면 세계로 향하는 문을 연 것이다.

아마 잔느의 영향력이 컸을 것이다.

그녀는 어린 만큼 마법적인 재능은 천재라 불려도 손색없었다. 특히 공간 계열은 계기만 주어지면 순식간에 만개했을 재능이었다.

이번 죽음의 위기가 그 재능을 만개시킨 게 분명하다.

"눈앞에 있지만, 눈앞에 없으니 당연히 이상하지."

잔느가 되살렸다는 표현을 쓴 이유도 이해가 갔다.

이면 세계는 본래 세계보다 색이 조금 더 탁하다. 때문에 그들은 그곳을 사후 세계라고 착각했다.

그런데 갑자기 세상이 밝게 바뀌었다. 죽은 플레이어들도 하나둘 되살아나기 시작했다.

그것도 그들이 서 있던 장소 근처였다. 마치 짠 것처럼 말이다.

차라리 짠 거라면 웃기기라도 할 텐데, 모든 게 우연에 우연이 겹친 것이었다.

"오래 살고 볼 일이야."

"그러게……. 설마 우리가 이면 세계에 있었다니."

"저도 놀랍네요."

정작 그들은 지금 같은 우연보다 이면 세계에 들어갔단 사실이 놀라운 듯했다.

하긴 보통의 인간은 눈앞의 변화를 중시하지, 큰 그림에 감탄하진 않는다.

그렇다고 이게 큰 그림은 아니지만.

김성현은 기지개를 한껏 켜고 그들을 이면 세계에서 빼냈다. 어쩌다 들어간 거라 나오는 법은 몰랐기 때문이다.

그들은 환경은 같지만 맡아지는 공기가 달라지는 걸 확체감했다.

"진짜 이면 세계였나 봐요. 공기 자체가 다른 것 같은데요?"

"진짜로."

"그럼 너흰 어떻게 해 줄까? 여기서 살래? 아니면 고향 별로 돌려보내 줘?"

"음……."

잔느와 페이지는 서로를 보며 고민에 빠졌다.

그들의 생각을 잠깐 읽은 결과 서로 사랑에 빠졌단 사실을 알게 됐다. 그리고 그만큼이나 고향별로 돌아가고 싶은 마음이 강하단 것도 알았다.

'안타깝지만 선택은 하나밖에 못해.'

좀 더 배려해 줄 수도 있겠지만 그건 오지랖이다. 그냥 오지랖도 아니고 차원 단위의 오지랖이다.

"오래 고민해도 좋아. 이곳의 시간은 내가 조정해 뒀으니까."

"고마워."

"감사해요."

김성현은 그들이 둘만 얘기할 수 있도록 자리를 내주었다.

[꽤 깊게 사랑하는 것 같은데, 고민이 많겠어요.]

"그렇지."

얌전히 있던 듀란달이 안타까운 어조로 말했다.

고향별도, 사랑도 포기하기 쉽지 않을 것이다.

나중에 일이 잘 풀리면 오지랖 부리지 않는 선에서 자신이 도와줄 수 있다.

그러나 그건 장담할 수 없는 일이다.

지금도 '전' 운영진들은 이곳을 주시하고 있을 터.

아직 넘어야 할 산이 많은 지금 함부로 여러 가지를 단정 지을 순 없었다.

한 시간 정도가 흘렀다. 페이지가 당당한 걸음으로 김성현에게 다가왔다.

"결정했냐?"

"어. 우린……."

그는 뒤에서 손을 모으고 있는 잔느를 한 번 보더니 결심한 듯 입을 열었다.

"같이 살고 싶어."

"고향을 버리고?"

"버리는 건 아니야."

"버리는 게 아니면 뭐지?"

김성현이 차가운 눈으로 쏘아붙였다.

-갑자기 왜 그러세요?

당황한 듀란달이 만류했지만 여기서 그의 마음을 제대로 확인하고 싶었다.

자리에 서서 그의 가슴을 손가락으로 눌렀다.

"뭐냐고?"

"…당장이라곤 말 못해."

"무슨 말이야?"

"우린 우리의 힘으로 고향별로 돌아갈 방법을 찾아낼 거야."

"하? 네 고향 차원이랑 잔느 고향 차원의 거리 차이가 어느 정도인지는 알고 하는 말이냐?"

자신이야 외신격이니 우주를 넘어 다니는 것 정도는 일도 아니다.

하지만 인간들 기준에선 평범한 신적 존재라도 굉장히 어려웠다.

판데리아의 신이나 마왕 중에서 차원 이동이 가능한 자는 몇 안 될 것이다.

그렇다고 항성 간 이동이 가능한 기술력을 보유한 것도 아니고.

페이지가 고집스러운 얼굴로 답했다.

"해낼 거야. 어차피 이곳에서 우리의 수명은 무한하잖아."

"멍청한 건지, 용기가 있는 건지."

김성현은 피식 웃음이 나왔다. 그의 각오는 잘 들었다.

"이 정도면 도움을 줘도 되겠어."

-오지랖이라면서요?

"이동에 직접적으로 도움을 준다는 건 아니야."

"뭐라고?"

듀란달의 목소리가 들리지 않는 페이지에게 김성현의 말은 뜬금없는 소리였을 것이다.

그는 씩 웃으며 잔느에게 손짓했다. 멀리 있던 그녀가 총총걸음으로 다가왔다.

"지금부터 차원 이동 마법 술식을 전수해 줄 거야."

"……!"

두 사람은 놀랐는지 입을 크게 벌렸다.

"페이지는 어차피 이해하지 못할 테니 너한테 기억을 이식할 거다. 괜찮겠지?"

"네!"

차원 이동 마법은 인간 레벨론 절대 사용이 불가능한 초고위 마법이다.

설사 사용할 수 있다고 해도 거리의 한계는 절대 극복 못할 것이다.

때문에 김성현은 술식을 최대한 간소화시켰다. 그녀가 빠르게 이해할 수 있도록 말이다.

그래도 완전히 이해하는 건 불가능하겠지만, 오성을 업그레이드시킨다면 어렵지만은 않다.

"약간의 두통이 있을 거다."

솔직히 이들에게 이런 배려를 해 줄 필요는 없다. 그들을 이면 세계에서 빼 주고 원하는 곳으로 보내는 정도만으로도 굉장한 호의였다.

김성현이 자신의 시간을 할애하며 이렇게까지 해 주는 이유는 별거 없었다.

그래도 나름 과거의 인연이기 때문이다. 그것도 잘됐으면 하는 커플이라 조금이지만 힘을 써 주는 것이다.

"으윽!"

머릿속에 기억을 이전하며 오성을 한계치까지 깨우자 잔느가 머리를 부여잡고 무릎을 꿇었다.

페이지가 당황한 얼굴을 했지만 김성현을 제지하진 않았다. 믿고 있었기 때문이다.

그렇게 잠깐의 시간이 흐르고 두통이 완전히 가신 잔느가 거친 숨을 몰아쉬었다. 이마에선 식은땀이 흘러내렸다.

페이지는 손수건으로 그녀의 땀을 닦아 주었다. 볼에 붉게 띈 홍조를 보니 꽤 고생한 듯 보였다.

"일단 해 줄 수 있는 건 다 했다."

"끝난 건가?"

"예……."

대답은 잔느에게서 나왔다. 그녀는 힘겹게 웃으며 김성현을 쳐다봤다.

"감사합니다."

"별거 아니야."

김성현의 입장에선 정말 별거 아니었다.

잔느의 입장에선 또 다르겠지만. 그녀에겐 두 번 다시 찾아오지 않을 기연이었을 것이다.

그녀의 오성은 실로 대단했다. 한계치까지 뚫어 놨으니 어지간한 신적 존재보다 비상할 것이다.

거기다 차원 이동 마법 술식뿐만 아니라 나중에 도움이 될 마법도 이것저것 전수해 주었다.

 당장은 인간 대마법사 수준이겠지만 조만간 신격을 손에 넣을 것이다. 그때부턴 자신과의 싸움이다.

"넌 이거 받아라."

 김성현은 간단하게 창을 하나 만들어 페이지에게 던졌다. 평범하게 생긴 투박한 창이었다.

 페이지는 처음엔 창을 보며 고개를 갸웃거리다 그 능력치를 보고 경악했다.

"이, 이런 걸 주겠다는 거야?"

"잔느를 지키려면 장비가 좋아야지."

"이, 이런 호의를 대체 어떻게 갚아야 할지……."

"너희가 평생을 노력해도 어차피 나한테 아무것도 못 갚으니까 그냥 길에서 주웠다고 생각해라."

 김성현의 장난기 가득한 말에 페이지가 희미하게 웃었다.

 말도 안 되는 도움을 받고 말았다. 그는 진심을 담아 고개를 숙였다.

"정말 고맙다."

"인사는 됐어. 이제 나도 볼일이 있으니 그만 가 보마. 행복하게 살아."

"자, 잠깐! 성현 님은 대체 무엇이 되신 건가요?"

"잔느!"

"솔직히 반가운 것도 반가운 거지만, 무서워서 여쭤보지 못했어요. 당신은 대체 뭐가 된 거죠?"

페이지의 만류에도 불구하고 잔느가 김성현을 똑바로 쳐다보며 물었다.

김성현은 뒷머리를 긁적이다 말했다.

"전지전능한 신."

"전지전능?"

"그만 가 봐라."

"잠깐……!"

더 이상 뒷말은 듣지 않았다. 두 사람이 뿅! 하고 생츄어리로 사라졌다.

홀로 남은 김성현은 가볍게 목을 풀었다. 이제 다른 볼일을 보러 가야 한다.

"어디 보자, 제국력……."

[괜찮으십니까?]

그때 뜬금없는 듀란달의 질문이 들려왔다.

김성현이 쓰게 웃었다.

이 녀석은 가끔 예리한 질문을 던진다.

어떻게 답을 해 줄까.

"안 괜찮으면 뭐가 되냐?"

솔직히 잔느와 페이지 커플을 보며 무척 부러웠다.

그들과 옛정이 있어 도와준 것도 있지만, 대리만족 하고 싶은 마음도 있어 도와주었다.

자신은 이제 그런 사랑을 못할 테니까.

인간의 정체성을 유지한다고 해도 진짜 인간의 삶을 즐기진 못할 테니까.

김성현이란 인간은 외우주의 신격이니까.

"받아들이자."

그것이 현재 가지고 있는 모순된 깨달음 아니겠는가.

듀란달은 더 이상 아무 말도 하지 못했다.

김성현은 한숨을 내쉬고 다시 시간선을 조정했다.

지금부터 보러 갈 사람은 앞으로 펼쳐질 끔찍한 운명의 주인공이었다.

배경이 흩어지며 새롭게 재조립되기 시작한다.

그리고 눈앞에 나타난 여인은 그토록 바라 왔던 미소를 짓고 있었다.

"돌아오셨어요?"

김성현이 간절히 원하는 사람, 아린 비렌센이었다.

Chapter 4

레벨이 대수냐

아린은 김성현이 퀘스트 월드에서 처음 만난 인연이었다.

그녀를 중심으로 펼쳐지는 에피소드는 당연하게도 두 사람의 사이를 가깝게 만들었다.

사실 그때까진 별다른 생각이 없었다.

지구 멸망 직후 넘어온 터라 누군가에게 감정을 줄 여유가 없었다.

있다고 해도 게임 속 인물에 불과했던 아린에게 마음을 준다는 생각 자체를 못했다.

그냥 빨리 에피소드를 클리어하고 다시 지구로 돌아가고 싶었다.

그런데 클리어가 머지않았을 때 그녀의 고백을 듣고 생각이 많이 바뀌었다.

사랑의 감정이 생긴 거냐면 그건 아니었다. 신경 쓰이는 정도, 딱 그 정도였다.

만약 에피소드가 거기서 끝이었다면 좋지만 안타까운 기억으로 남았을 것이다.

하지만 퀘스트 월드는 그런 감정을 짓밟기라도 하듯 다음 에피소드로 김성현을 날려 버렸다.

그건 그를 송두리째 바꾸었다.

에피소드를 계속 진행하며 아린의 얼굴이 아른거렸다. 길고 긴 고통 속에 몸부림치던 악착같은 시간이었다.

그렇게 에피소드 5에서 아린을 봤을 때, 그때 감정을 깨달았다.

아, 나는 이 여자를 좋아하는구나.

"하지만 난 널 사람으로서 온전히 사랑할 수 없어."

김성현이 슬픈 눈으로 말했다.

그토록 원하던 상황이었다.

항상 그녀의 손을 잡고 함께 살아가는 상상을 했다.

그녀가 거짓 존재라는 건 아무 문제 없었다. 진짜로 만들면 되는 거니까.

아린은 아무런 표정도 짓지 않았다. 그저 눈을 맞춘 상태로 다음 말을 기다렸다.

"그래도… 나랑 같이 가 주겠어?"

"성현 님……."

옥구슬이 굴러가는 것 같은 아름다운 미색이었다.

아린은 그에게 한 발짝 다가와 품에 안겼다. 그녀에게서 꽃향기가 느껴졌다.

"전 한평생을 기다렸어요."

"아린……."

"무슨 상황에 처하셨는지 전 알지 못해요. 하지만 버틸 수 있어요."

그리 말하며 활짝 미소 짓는다.

김성현은 턱에 주름이 생길 정도로 입술에 힘을 주었다.

자신에겐 고작해야 1년 조금 넘는 시간이지만, 그녀에겐 몇 년이었다.

아니, 어딘가의 시간선에선 지금도 기다리고 있을지도 모른다.

아린을 꽉 끌어안았다.

이젠 모르겠다. 사람의 사랑을 하지 못할지도 모른다. 위험에 빠져 돌연사할 수도 있다. 그렇지만 아린만큼은 도저히 포기하지 못하겠다.

"나랑 같이 가자."

"네."

아린은 일말의 망설임 없이 대답했다.

김성현은 참지 못하고 그녀의 입술에 자신의 입술을 포갰다.

지금부턴 절대 놔주지 않으리라.

일이 모두 끝나는 순간 전력을 다해 그녀만을 위해 살 것이다. 그녀가 평생 동안 기다려 온 것처럼.

이제 모든 걸 마무리 지을 때다.

얼마나 긴 시간이 걸릴지는 모른다. 하나 아린을 위해서라도 어떻게든 승리할 것이다.

지금부터 본격적인 시작이다.

김성현이 오른팔을 들어 올렸다. 그의 손등에 신비한 문양이 새겨지더니 강한 빛을 뿜어내기 시작했다.

온 우주의 시간이 정지했다.

"시간선을 하나로 만들 거야."

"예?"

"지금부터 너흰 모두 진짜가 되는 거야."

"그게 무슨 소리예요?"

아린이 밝은 빛에 눈살을 찌푸리며 물었다.

그녀는 더 이상 가짜로 지낼 필요가 없다. 더 이상 목숨 걸고 플레이하는 게임 따위가 아니다.

빛이 강렬해진다.

문장이 아린의 손등에도 새겨지기 시작했다.

"이게 무슨……?"

아린이 떨리는 눈으로 문장을 문질렀다. 그러나 지워지기는커녕 빛의 세기가 점점 강해졌다.

그 순간 그녀의 눈에 믿을 수 없는 광경이 펼쳐졌다.

배경이 수백 겹으로 나뉘는가 싶더니 눈이 아플 정도로 세상이 흔들리기 시작했다.

망치로 맞은 것처럼 강한 두통이 밀려 들어왔다. 아린은 힘없이 주저앉아 고통의 비명을 질렀다.

"꺄아아아악!"

과거의 기억, 현재의 기억, 미래의 기억이 하나로 통합된다.

하늘을 가리는 구름이 빠른 속도로 움직이며 낮과 밤이 실시간으로 바뀌어 간다.

별들의 위치가 바뀌고 태양의 형태가 달라졌다.

손등의 빛이 사그라졌다. 그리고 아린은 김성현을 쳐다봤다.

"고생했어."

그가 아린의 머리를 쓰다듬었다.

아린은 머리에 얹어져 있는 그의 손을 붙잡았다. 따뜻한 온기가 느껴지는 걸 보니 꿈은 아닌 것 같다.

그녀가 헛웃음을 지으며 자리에서 일어났다. 다리 힘이 풀린 탓에 한 번 휘청거리는 걸 김성현이 붙잡았다.

"설 수 있겠어?"

"응. 설 수 있어요."

아직 힘겨워 보였지만 굳이 말리지 않았다. 그녀에게서 각오를 느꼈기 때문이다.

아린이 말했다.

"솔직히 조금 충격이에요."

"그렇겠지."

방금 전, 김성현에 의해 퀘스트 월드는 모든 존재에게 완전히 공개되었다.

만들어진 자들이라고 예외는 아니었다.

아린 역시 마찬가지였다.

그녀는 아직까지 혼란스러웠지만 다른 이들과 달리 김성현의 도움으로 사정이 나았다.

실제로 곳곳에서 견디지 못하고 기절하는 이들이 속출했다.

우주적 존재들은 믿을 수 없는 현실에 방황했고, 살아남은 대신격들은 절망하고 있었다.

그 모든 정보가 김성현의 머릿속에 실시간으로 들어왔다.

아린이 가볍게 한숨을 쉬었다.

"제가 거짓된 존재였다는 게 너무 충격적이네요. 반면에 성현 님은……. 그래서 늙지도 않고, 계속해서 강해질 수 있었군요."

"맞아."

"불공평해. 이건 불공평해요……."

아린은 난간을 쥔 손에 힘을 주었다. 그녀는 진심으로 분해하고 있었다.

"내 운명이… 모두 조작된 것이었다는 게, 그들의 손아귀에서 놀아나는 장난감 중 하나였다는 게 너무 분해요."

울음을 억지로 참고 있지만 눈물은 불가항력으로 흘러내렸다.

김성현은 손등으로 그녀의 눈물을 닦아 주었다.

크나큰 상실감이 직접 연결되어 있지 않는데도 느껴져 온다.

아린의 옆에 다가가 그녀를 끌어안아 주었다.

"이제부턴 나만 믿어."

"성현 님을 믿으면… 저흰 진짜가 되나요?"

"너흰 이미 진짜야."

"거짓말. 저는… 저희는 만들어진 존재일 뿐이잖아요."

"그랬었지. 방금 전까지는."

"네?"

"난 방금 모든 시간선을 통합했고, 개변되는 너희의 운명을 하나로 통일시켰어. 이게 무슨 말인지 알아?"

아린이 알 리 없었다. 당장 머릿속으로 스며든 정보만으로도 머리가 터질 지경이다. 그런 상황에서 생각까지 하는 건 불가능했다.

김성현은 그럴 줄 알았다는 듯 그녀의 볼을 문질렀다.

"쉽게 말해 너희를 단순한 게임 속 등장인물이 아니라 직접 운명을 개척할 수 있는 실존 인물로 바꾼 거야."

"에……?"

아린은 명석하지만 지금 김성현이 하는 말은 현실적으로 와닿지 않을 것이다.

"넌 더 이상 레이넌의 유일 성녀도 아니고, 네가 지키는 이들을 위해 희생하며 살지 않아도 돼. 원한다면."

뒷말을 강조했다.

아린의 눈이 희미하게 떨려 왔다. 김성현은 그녀가 이해했다는 걸 눈치챘다.

"앞으로 원하는 대로 살아. 내 옆에서."

"거짓말… 아니죠?"

방금 전까지 암담한 현실에 커다란 좌절감을 느꼈다. 하지만 김성현 덕분에 거짓된 삶에서 해방되었다.

현실로 다가왔음에도 쉽게 받아들일 수 없었다.

당연한 일이었다. 그녀는 평범한 인간이었고, 인간이 감당하기엔 너무 거대한 우주의 흐름이었다.

그러나 지금부터 그녀만이 아니라 모든 이들이 이것을 받아들여야 한다.

아린처럼 친절하게 하나하나 보살펴 줄 수는 없다.

김성현은 다시 문장에 기운을 불어넣었다.

우주 전체로 빛이 퍼져 나가며 플레이어를 제외한 모든 생명체에게 현재를 보여 주었다.

곳곳에서 들려오던 비명은 멎었다. 곧 다른 문제가 터지겠지만 그건 그들이 해결할 일이다.

자신은 흙을 다져 줬을 뿐이다. 그 위에 씨를 부리고, 싹을 틔우는 건 그들의 몫이다.

"휴~ 다 끝났어."

퀘스트 월드는 일단 안정되었다.

이곳은 독자적인 우주가 되었고, 더 이상 가짜 세계라며 무시받지 않을 것이다.

김성현은 주먹을 꽉 쥐었다. 아린이 걱정스런 눈으로 입을 열었다.

"이제 뭘 하실 건가요?"

"아린."

"전 당신을 따라갈 준비가 되어 있어요."

이곳엔 그녀를 모시는 레이넌의 신도들이 많다. 그녀가 떠난다면 이곳은 분명 큰 혼란에 빠질 것이다.

어쩌면 천계가 개입할지도 모른다. 이곳은 레이넌의 성역이기 때문이다.

김성현은 하늘을 올려다보았다.

아까부터 천계의 시선이 이곳을 주시하기 위해 노력하고 있었다. 당연히 그들의 힘으로 사전에 쳐 둔 막을 뚫는 건 불가능했다.

일단 그녀를 데려갈 생각이긴 하다. 그러기 위해선 해결해야 할 문제가 하나 있었다.

김성현은 눈을 부릅떠 천계를 보았다. 그리고 말했다.

"너희가 알아서 해라."

"성현 님?"

아린의 입장에선 김성현이 허공에 말하는 것처럼 보였을 것이다.

실제로도 크게 다르지 않았다.

약간 다른 점은 그 목소리가 천계에 닿았다는 점이다.

그들도 머리가 있다면 현 상황을 어느 정도 이해하고 받아들일 것이다.

김성현은 아린의 허리를 휘어잡았다.

"어머!"

"지금부터 갈 곳은 많이 위험할 수도 있어. 괜찮겠어?"
"많이 위험한가요?"
아린이 웃으며 묻는다.
"그럼. 아주 위험하고말고."
"그렇다면 무조건 따라갈 거예요. 죽을 때까지."
아린이 그의 목을 감싸며 뛰어들었다.
그녀를 안아 든 김성현이 쓴웃음을 지었다.
정말로 위험할 것이다. 어쩌면 그녀를 지키지 못할 수도 있다.
그런데도 아린을 데려가려는 이유는 하나였다. 이 아이를 혼자 놔두면 외우주가 몰래 개입할 게 분명했기 때문이다.
아린은 김성현의 유일하다고 할 수 있는 약점이었다.
'데리고 있는 편이 훨씬 안전해.'
걸림돌은 되지 않게 만들 것이다.
김성현은 각오를 다지고 그녀를 내려놨다.
작은 손을 붙잡고 다시 하늘을 쳐다봤다. 이번에 본 것은 천계가 아니었다.
두 사람의 신형이 흐릿해지더니 우주 한복판으로 이동했다. 그곳엔 슈퍼노바가 광채화 상태로 기다리고 있었다.
갑작스러운 공간 변화에 아린이 크게 당황했다.
"여, 여기는 어딘가요?"

우주란 공간 자체를 아예 모르는 그녀였다. 김성현은 머리를 긁적였다.

"아, 모를 만하네."

그녀가 살던 시대엔 우주가 밝혀지지 않았다.

애초에 천체학에 별 관심이 없던 시대였다. 우주의 비밀을 꿰뚫던 현자들 정도를 제외하면 모르는 게 당연했다.

아린은 레이넌의 성녀였지만 그가 직접 '세상엔 우주란 거대한 세계가 존재한다!'라고 말해 주진 않았을 것이다.

"그녀는 누구지?"

김성현이 아린에게 우주에 대해 설명하려 할 때 슈퍼노바가 말을 걸어왔다.

"전력 외다. 왜 데려온 거지."

"바로 옆에서 지키려고."

"오만. 가능하리라 생각하나?"

슈퍼노바가 아린을 노려봤다. 아린이 흠칫 놀라며 김성현의 뒤로 숨었다.

"위협하지 마라. 우리와 달리 평범한 인간이다."

"무슨 생각인지 모르겠군. 좋다. 그게 너의 뜻이라면 받아들이지."

슈퍼노바는 더 이상 이 건에 대해 얘기하지 않았다.

김성현을 믿는 것도 있었지만 무상의 깨달음으로 인한

영향이었다.

김성현은 한숨을 내쉬며 아린에게 세상의 정보를 주입했다.

"헉!"

"지금부턴 불필요한 질문은 받지 못해. 왠지 알지?"

"…이건 너무 위험해요!"

"괜찮아."

[괜찮지 않다는 거 아시잖습니까.]

묵묵히 있던 듀란달이 날 선 목소리로 말했다.

산 넘어 산이다.

"지금까지 가만히 있었으면서 왜?"

[그녀를 아공간에 넣어 두시죠. 그 편이 더 안전할 것 같습니다.]

"걱정하지 마. 그때 가면 어련히 내가 알아서 할까."

[하아, 맘대로 하십쇼.]

듀란달은 포기했다는 듯 더 이상 말하지 않았다.

슈퍼노바와 달리 그는 진짜로 김성현에게 실망한 상태였다. 그에겐 미안하지만 이것이 최선이다.

"성현 님, 제가 걸림돌이라면 저 검의 말처럼 아공간에 넣어 두셔도 괜찮아요."

"아냐, 걱정하지 않아도 돼."

"하지만……."

"이제 시간이 별로 없다. 바로 간다."

아린의 말은 끝까지 이어지지 않았다. 슈퍼노바가 외우주로 통하는 문을 완전히 열었기 때문이다.

피부가 저릿저릿할 정도로 강렬한 존재감이 느껴진다.

이것이 모든 우주를 아우르는 외우주다. 지금부터 저곳으로 돌입한다.

"꽉 잡아."

"네!"

슈퍼노바가 외우주로 이어지는 길을 뚫었다. 김성현은 그녀를 품에 꽉 안고 그곳으로 몸을 날렸다.

✳ ✳ ✳

"이곳이 외우주?"

"난 일단 내 거처로 이동하겠다."

외우주로 막 진입했을 때 슈퍼노바는 그리 말하곤 사라졌다. 앞으로 일정을 계속 같이하는 줄 알았는데 아닌 모양이었다.

안내라도 좀 해 주고 가지. 어디가 어디인지 도통 모르겠다.

그도 그럴 것이 이곳은 퀘스트 월드처럼 한눈에 들여다 볼 수 있는 규모가 아니었다.

들여다볼 수는 있어도 각자의 영역을 지배하는 자들이 그냥 놔두지 않을 것이다.

곳곳에서 자신과 필적하는 기운이 느껴졌다.

"여기 오니까 예전으로 돌아간 느낌이야."

[그런가요?]

듀란달의 기감은 이곳에선 통하지 않는다. 그가 뭔가를 느끼기에 이곳의 수준은 까마득할 정도로 높았다.

미안한 말이지만 무구로서도 의미가 없을지 모르겠다.

"그런데 여기 엄청나게 아름다워요."

아린이 즐거운 눈으로 외우주를 둘러봤다.

언제 어디서 위험이 닥칠지 모르는데 너무 낙관적인 모습이다.

그러나 그녀의 마음을 이해하지 못하는 건 아니었다.

외우주는 일반 우주와는 다른 형태를 취하고 있었다.

일단 별들의 모양이 파격적이라 해도 될 만큼 개성적이었다. 당장 눈앞에 보이는 행성은 중력이 어떤 식으로 되어 있는지 밤송이 같았다.

그 외에도 행성이 뫼비우스의 띠처럼 이루어진 것도 있었고, 물리법칙을 거스르는 빛의 행성도 있었다.

하지만 이런 것들보다 더 놀라운 건 따로 있었다.

"은하가 존재하지 않아. 행성들이 차원에 얽매어 있지 않고 독자적으로 구성되어 있어."

"그건 말이 안 되네요."

김성현에게 지식을 전달받은 아린은 우주학에 관해선 전문가나 다름없었다.

김성현은 육안으로 보이는 선에서 외우주를 탐색했다.

신기한 구조로 이루어져 있지만 앞으로의 계획을 생각하면 의외로 좋았다.

보아하니 행성 하나당 한 세력이 존재하는 듯했다. 아마도 행성의 규모가 세력의 규모를 나타내는 것일 터다.

[어쩐지 어떤 행성은 항성급이더라니, 세력의 규모였군요.]

"넌 안 보이겠지만 은하 규모의 행성도 있어. 그것보다 큰 것도 있고."

"위, 위험한 거 아닌가요?"

"위험하기는. 당장 근처에 있는 행성들은 모두 규모가 작아. 떨거지들이란 거지."

그렇다곤 해도 외우주의 신격이거나 그에 준하는 괴물이다.

외우주에서나 떨거지 취급이지, 당장 퀘스트 월드로 던져 놓으면 세상을 씹어 먹을 것이다.

김성현은 팔짱을 끼고 잠시 생각에 잠겼다. 아무래도 외우주에서 세력을 떨치려면 행성은 반드시 필요했다.

'그냥 만들면 되나?'

행성을 만드는 것 정도는 어렵지 않았다.

판데리아 대륙을 끌고 와도 되고, 근처에 아무 행성이나 습격하면 된다.

문제는 규모를 불리는 거였다.

행성은 주인의 힘에 맞춰 커지는지, 아니면 다른 방법이 있는 건지 알아야 한다.

"일단 친다."

"네?"

"꽉 붙들고 있어."

"꺄!"

김성현이 아린을 품에 꽉 안았다.

가장 가까이 있는 시공간을 무시하는 폭포로 이루어진 행성으로 진입했다.

진입하기 무섭게 사방에서 광선 공격이 쏟아졌다. 하나하나가 우주를 파멸시킬 힘을 담고 있다.

외우주, 만만히 볼 곳이 아니다.

라플라스의 악마를 발동했다.

회피할 수 있는 최선의 가능성을 선택하자 광선의 움직

임이 모두 눈에 들어왔다.

[어둠의 인력:다크 포스(Dark Force)]

허공에 반들거리는 검은 구체가 생성되자 폭포의 물줄기가 그곳으로 빨려 들어가기 시작했다. 그러자 폭포 안에 숨어 있던 원종족이 모습을 드러냈다.

그들은 가재 형태의 괴물이었는데, 입 안에서 강력한 광선을 뿜어 대고 있었다.

"듀란달!"

[네!]

듀란달이 할 수 있는 건 거의 없지만 교란 정도는 가능할 것이다.

검집에서 뽑힌 듀란달이 오랜만에 하늘을 가로지르며 가재 괴물 사이를 파고들었다.

상대가 상대이니 절대 공격은 하지 않았다.

가재 괴물들이 타깃을 듀란달로 바꿨다.

김성현이 그들의 시야에서 벗어난 순간,

[라이프 올 데스:파워 워드 킬+다중 공격]

크아아아! 꾸루루루룩!

가재 괴물들이 앓는 소리를 내며 한꺼번에 쓰러졌다.

신격 수준의 힘을 지닌 종족은 아니라 그런지 권능의 힘을 버티지 못했다.

바닥으로 착지한 김성현은 돌아온 듀란달을 검집에 넣었다.

"수고했어."

[아닙니다.]

"너도 품에 안겨 있느라 고생했다."

"으응, 으응. 전 괜찮아요."

아린은 피곤한 기색이었지만 최대한 내색하려 하지 않았다.

그래도 다행이었다. 그녀를 항상 데리고 다녀야 하는지 고민했는데, 자신의 영역을 구축할 수 있다면 그런 수고를 덜 수 있다.

[정말 다행입니다.]

듀란달은 그 뒤로 언급하지 않긴 했지만 정말로 걱정한 모양이었다.

김성현은 피식 웃고는 행성의 기록을 모두 흡수했다.

이곳의 이름은 아스파트로누스라는 복잡한 이름이었다.

이것도 최대한 발음했을 때 아스파트로누스인 거지, 인간의 방식으론 제대로 된 발음을 할 수 없었다.

"복잡해. 바꾼다, 이름!"

"어… 이름 같은 걸 막 바꿔도 돼요?"

"뭐 어때? 이제부턴 내 건데. 그리고 좋은 생각도 났어."

"좋은 생각이요?"

"응."

김성현이 씩 웃었다.

✳ ✳ ✳

그로부터 며칠이 지났다.

김성현이 시작부터 보여 준 파격적인 행보에 주변 행성의 주인들은 아무 제스처도 보이지 않았다. 명백히 겁에 질린 것이다.

이곳은 외우주에서도 상당히 외곽진 곳.

격이 높을수록 외우주의 중심으로 향하게 된다. 그러니 이곳에 있는 자들은 모두 격이 낮은 자들뿐이었다.

그런 곳에서 김성현은 생태계 파괴종이었다. 그야말로 황소개구리!

그런 황소개구리가 현재 열심히 일하고 있다.

"후우!"

"고생하셨어요."

그가 구부린 허리를 펴자 아린이 다가와 땀을 닦아 주었다.

행성 아스파트로누스의 모습은 많이 바뀌었다.

끊임없이 흐르던 폭포는 싹 없애고, 최대한 지구와 같은 모양으로 만들었다.

조형하는 데 꽤 시간이 걸리긴 했지만 디테일한 부분까지 신경 썼다.

하지만 진짜로 시간이 걸린 건 조형이 아니었다.

김성현은 눈앞에 놓인 거대한 문을 보며 씩 웃었다.

말이 문이지, 어딘가로 이어져 있는 문은 아니었다. 지금까지는 말이다.

"이제부터 연결할 거야."

[속전속결이시네요.]

"내가 또 한다면 하는 남자 아니겠냐."

듀란달의 말에 대꾸하며 김성현이 문틀을 붙잡았다.

그의 힘이 틀 안으로 스며들며 뻥 뚫린 입구가 무지갯빛으로 빛나기 시작했다.

그 틈을 놓치지 않고 한 손을 떼 허공으로 뻗었다.

콰직!

허공에 굵은 균열이 가며 어떤 세계와 찰나지간 연결되었다.

김성현은 전력을 다해 그곳에 아주 얇은 링크를 연결시켰다. 그다음 링크를 문틀에 박아 넣었다.

꾸우웅!

무지갯빛 입구에서 기이한 소리가 흘러나왔다.

김성현은 두어 걸음 물러나 최대한 공간의 힘을 조정했다.

푸른빛의 링크가 출렁이며 문과 균열 속 세계의 힘을 견디지 못하고 끊어지려 한다.

"너무 얇아서 그런 거 아니에요?"

"끄응!"

[돕겠습니다.]

마법적 소양이 꽤 있는 듀란달이 옆에서 보조했다.

출렁이던 링크가 어느 정도 안정을 되찾긴 했지만 아직은 역부족이다.

김성현은 이를 악물었다.

계속 힘으로 밀어붙이기만 해서는 안 된다. 유하게 힘의 흐름을 통제해야 한다.

저쪽 세계에서 넘어오는 불규칙함을 규칙적인 흐름으로 바꾼다.

"된다. 듀란달, 꽉 잡아."

[네!]

듀란달의 마력이 링크를 강하게 고정시켰다.

다시 출렁이려는 링크를 김성현이 거대한 힘의 흐름으로 완벽히 통제했다.

유 다음은 강이다.

꼿꼿해진 링크는 언제 끊어져도 이상하지 않다. 그러나 이미 유를 통해 규칙적으로 바뀌었기에 끊어질 걱정은 하지 않아도 되었다.

김성현은 미소 지으며 그대로 링크를 문틀이 아니라 무지갯빛 입구로 이었다.

링크에서 흘러나오는 푸른빛이 강렬해지며 무지갯빛이 서서히 사라졌다.

그리고 나타난 것은 익숙한 전경이었다.

아린이 울먹이는 목소리로 기쁘게 외쳤다.

"성공이에요!"

"오졌다!"

거대한 문과 연결된 세계. 그곳은 바로 판데리아 대륙이었다. 그중에서도 레이넌의 성지였다.

김성현은 행성을 얻자마자 판데리아와 이곳을 연결하는 게 가능할 거라 생각했다.

그도 그럴 것이 두 곳 다 그의 영역이었기 때문이다.

결과는 대성공.

퀘스트 월드는 여차하면 요새로써 외우주에 진입시킬 생각이었다.

아주 위험천만한 시도지만 그 정도까지 몰리면 어차피

뒤가 없는 상황이다.

"이젠 그럴 필요가 없군."

[당장이라도 써먹을 수가 있습니다.]

"아냐. 그러기엔 아직 너무 연약한 세계야."

그나마 대신격들을 전력으로 다룰 수 있지만 그조차도 이런 외곽에서나 통할 것이다.

"애초에 퀘스트 월드는 자폭 용도로 생각해 뒀으니까."

물론 그 안의 인물들은 모두 다른 차원으로 옮겨 놓은 뒤에 말이다.

가짜 우주여도 우주는 우주.

거기다 지금은 김성현에 의해 진짜 우주가 되어 버렸다.

제대로 폭발시키면 외우주에도 어느 정도 영향을 끼칠 것이다.

[자폭 용도는 지금도 가능하지 않나요?]

"음……. 그렇긴 하지."

지구와 같은 모양으로 만들었지만 규모는 태양급이다. 모든 종족을 수용하고도 남았다.

그리고 김성현의 격을 감당하기 위해 행성은 계속 커질 것이다. 당초의 예정대로 자폭 용도로 사용할 수 있다.

"그래도 좀 더 지켜보자고."

당장 폭발시킬 필요는 없지 않은가.

보아하니 요그 소토스 무리는 아직 자신을 노리지 않고 있었다. 이유는 모르겠지만 조금 지켜볼 생각인 듯했다.

"얕보는 건지, 겁을 먹은 건지는 모르겠지만 시간을 끌면 너희만 손해일 거다."

"그 전에, 저기 들어가 봐도 돼요?"

"당연하지."

이곳과 연결됐으니 자신의 눈을 피해 판데리아로 진입하는 녀석은 없을 것이다.

그렇다고 완전히 방심할 순 없다.

"이거 가져가."

어차피 계속 옆에 데리고 있을 생각이라 주지 않았지만 이젠 얘기가 다르다.

김성현은 일전에 피레에게 준 메달과 똑같은 걸 아린에게 건넸다.

그녀가 고개를 갸웃거렸다.

"이게 뭔가요?"

"널 지켜 줄 내 분신."

"하하!"

아린이 환하게 웃으며 메달을 목에 걸었다. 크지도, 무겁지도 않으니 목에 부담은 없었다.

"잘 가지고 있을게요."

"난 여기 있을 테니 조심히 갔다 와. 그 메달을 사용하면 바로 내 옆으로 올 수 있을 거야."

그녀의 메달은 피레의 것과 다르게 다른 기능을 설치해 두었다.

아린은 밝게 고개를 끄덕였다.

나름 성숙할 대로 성숙했지만 익숙한 곳으로 돌아갈 생각을 하니 기쁜 모양이었다.

"네가 옆에서 보호해 줘."

[예에?]

"노골적으로 싫다고 하지 말고, 인마. 그래도 이 정도면 네가 원하는 대로 된 거 아니야?"

[흥! 상황이 운 좋게 맞아떨어진 것뿐이잖아요.]

그의 말을 부정할 수 없었다.

만약 외우주가 이런 구조로 되어 있지 않았다면 계속해서 아린을 옆에 뒀을 것이다.

"네 말이 다 맞다. 아무튼 부탁한다. 믿을 게 너뿐이야."

[하아~ 알겠습니다. 다녀올게요.]

"너한텐 사전에 장치를 해 뒀으니까 아린이 이곳으로 돌아오려고 할 때 비슷한 방법으로 오면 돼."

[켁! 언제 제 몸에 그런 걸!]

"너 잘 때. 다녀와라!"

[제기랄…….]

듀란달은 계속 구시렁거리며 아린의 뒤를 따라갔다.

그가 갔으니 판데리아 내에선 위협이 없을 것이다.

굳이 있다면…….

"데몬크로스 놈은 뭐 하고 있으려나."

잠깐 그가 떠올랐지만 머릿속에서 금방 잊혔다. 놈까지 신경 쓸 정도로 여유롭지 않았다.

"자, 이제부터 본격적으로 놀아 보자고."

목숨을 건 게임은 지금부터 시작된다.

김성현은 어떻게 외우주를 정복해 나갈지 고민하기 시작했다.

Chapter 5

레벨이 대수냐

-나는 깨어났는가.

빛조차 닿지 않는 어두운 심해(深海) 속. 그곳에 놓인 거대한 석좌 위에 누군가 앉아 있었다.

그는 박쥐를 연상시키는 피막 날개에 문어를 통째로 가져다 놓은 듯한 두상을 가진 거인이었다.

노랗게 번들거리는 눈동자는 형용할 수 없는 공포를 담고 있었다.

거인이 천천히 몸을 일으켰다. 주변 물살이 거세지며 사방에서 어둠의 소용돌이가 휘몰아쳤다.

쿵!

거대한 다리를 움직여 한 발짝 앞으로 내디뎠다. 물의 저항을 무시하듯 매끄러운 움직임이었다.

그는 팔을 뻗어 손을 쥐었다 폈다 했다. 실로 오랜만에 느껴 보는 감각이었다.

-나는 깨어났군.

까마득할 정도로 오랜 세월을 잠들어 있었다.

거인은 입가에 미소를 머금었다. 입술 주변의 촉수가 징그럽게 꿈틀거린다.

주위를 둘러보았다. 아직 심해 속인 걸 보니 '르뤼에'가 부상하진 않은 듯했다.

-다곤.

그가 누군가의 이름을 불렀다.

어둠으로 가득 찬 심해가 걷히며 밝은 빛이 그 안으로 파고들었다. 그리고 거대한 삼지창을 든 거대 어인(魚人)이 나타났다.

그는 눈앞의 존재를 향해 한쪽 무릎을 꿇었다.

"일어나셨습니까."

다곤. 그는 외우주의 신격은 아니지만 그에 준하는 격을 지닌 괴물이었다.

그가 숙였던 고개를 들어 문어 두상의 거인을 쳐다보았다. 서 있는 것만으로도 주변 공간의 흐름이 기이하게 틀어져 있다.

다곤이 흥분한 목소리로 거인의 존함을 불렀다.

"나의 주인, 크툴루시여."

-세상은 어떠한가.

"수많은 이변이 발생했습니다. 4명의 외우주의 신격이 새로 탄생했으나 그중 하나는 죽었습니다."

-신격이 한꺼번에 탄생했단 말인가.

"그렇습니다. 특히 그중 둘은 유례를 찾아볼 수 없을 정도로 강대한 격을 쌓았습니다. 크툴루 님께서 깨어나신 이유도 그 때문입니다."

크툴루는 그의 거대한 영역, 르뤼에와 함께 심해 속에 잠들어 있었다.

오래전 있었던 거대한 전쟁 때문이었다.

그로부터 억겁의 시간이 흘렀지만 아직 깨어날 시기가 아니었다.

그는 상황이 어떻게 된 건지 알 것 같았다.

자신의 잠을 깨울 수 있는 존재는 외우주에서 한 손에 꼽는다.

-날 깨운 것은 '그'인가.

"예."

-재밌는 짓을 했군.

"어쩌실 생각이십니까? 명령만 내리신다면 곧장 딥 원을 움직이겠습니다."

-그가 날 깨웠다면 내가 직접 움직이길 바라는 거겠지. 욕심이 크군.

"아무리 외우주의 왕이라고는 하나 너무 무례합니다."

다곤은 기분이 상한 듯 보였다. 그만큼 충성심이 깊다는 것이니 나름 흡족했다.

크툴루는 거대한 몸체를 움직였다.

다곤 역시 거인급에 속하는 어인이었지만 그에 비하면 무릎까지밖에 오지 않았다.

다곤이 그의 뒤를 따라갔다.

심해의 물살을 가르며 그들은 순식간에 지상으로 올라왔다.

-르뤼에를 부상시킨다.

"견제를 받게 될 겁니다."

-상관없다. 내가 깨어났다.

"명을 받들겠습니다."

다곤은 고개를 숙인 후 다시 바닷속으로 들어갔다.

르뤼에를 강제로 부상시키고 싶진 않았지만 어쩔 수가 없다. 지금 가장 필요한 것은 고유의 영역이었다.

곧 바닷물이 부글부글 끓더니 거대한 대지가 물살을 가

르며 솟아올랐다.

 건축물 사이로 물줄기가 흘러나오며 황금으로 이루어진 성채가 웅장한 자태를 드러냈다. 그 중심엔 다곤이 부복한 채 대기하고 있었다.

 크툴루는 천천히 그곳으로 걸음을 옮겼다. 엄청나게 큰 그조차도 성채 앞에선 한없이 작아 보였다.

 -완벽하다.

 이곳이 바로 크툴루가 가지고 있는 '행성'이자 고유 영역인 르뤼에였다.

 행성치고는 무척 작은 크기였다.

 하지만 르뤼에는 수백 개의 행성을 압축시킨 수준의 질량을 가지고 있었다.

 오로지 크툴루만을 위한 행성.

 부피는 작지만 외우주 중심부에 위치한 신격들의 영역에도 절대 밀리지 않았다.

 그런 르뤼에가 서서히 바다를 넘어 하늘 위로 날아올랐다.

 다곤의 행성이 크게 진동하며 천지가 개벽되기 시작했다.

 바닷속에서 쉬고 있던 다곤의 분신, 딥 원들이 튀어나와 르뤼에를 경배했다.

 크툴루는 중심부에 위치한 석좌에 앉았다.

 석좌 끝에 달린 노란 보석에 빛이 들어오며 크툴루의 힘이 르뤼에 전체로 뻗어 나갔다.

 동시에 르뤼에가 열권을 벗어나자 그 위에서 광대한 포격이 미친 듯이 떨어져 내렸다.

 [크툴루! 죽어라!]

 [이곳이 너의 무덤이다!]

 [이른 기상이다! 넌 아직 깨어날 때가 아니다!]

 각양각색의 목소리가 들려왔다.

 크툴루의 촉수가 꿈틀거렸다. 그것은 비웃음이었다.

 -하찮은 것들이.

 흑색 기운이 르뤼에 전체에서 흘러나온다. 다곤은 짜릿한 전율에 벌떡 일어났다.

 "오오! 주인님이시여!"

 크툴루. 외우주의 신격은 아니나 어지간한 신격보다 훨씬 강대한 힘을 가진 사상 최강의 괴물.

 그가 오랫동안 잠들어 있던 힘을 거칠게 휘둘렀다.

 삐이이이!

 귓속으로 이명이 파고들며 하늘에서 쏟아지던 폭격이 거짓말처럼 사라졌다.

 단 1초, 찰나라고 해도 좋을 그 짧은 시간 동안 수백에 달하는 외우주의 괴물들이, 신격들이 소멸했다.

✤ ✤ ✤

 김성현은 판데리아와 자신의 행성 '지구 Ver.2', 줄여서 지구 2를 연결시킨 후 잠깐 휴식을 취하고 있었다.
 휴식이라 봐야 편하게 드러누워 쉬는 게 아니었다. 그냥 타이트하던 스케줄을 조금 느슨하게 한 것뿐이다.
 원래라면 벌써 근처 100여 개의 행성을 흡수해야 했는데 아직 20개 정도밖에 흡수하지 않았다.
 그 정도로도 행성은 크게 덩치를 불렸다.
 거품이 꽤 껴 있긴 하지만 나중에 필요 없는 부분은 걸러내면 된다.
 "후우, 지친다."
 아린과 듀란달은 판데리아로 넘어가 아직 돌아오지 않았다.
 오늘 내로 돌아올 것 같지만 잘하면 며칠 동안 안 돌아올 수도 있다.
 꽤 오랜만에 혼자가 되었다. 계속 틱틱거리며 재잘대는 듀란달이 없으니 심적으로 평온해졌다.
 앞으로 격렬한 싸움을 쭉 이어 갈 텐데, 여유를 만끽할 수 있을 때 최대한 만끽해야 한다.
 콰아아아아앙!

"뭐야!"

그때 하늘에서 엄청난 굉음이 울려 퍼졌다. 곧이어 거대한 힘이 지구 2를 밀어내기 시작했다.

김성현은 곧장 힘을 개방해 밀려오는 알 수 없는 힘을 막아냈다.

힘과 힘이 충돌하자 굵은 스파크가 튀어 오르며 주변의 약소 행성들을 집어삼켰다.

"크윽!"

무지막지한 힘이다. 급하게 일으킨 힘이라지만 힘 싸움에서 밀릴 줄은 몰랐다.

난생처음 느끼는 힘이라 누군지 추측할 수도 없었다. 머리가 혼잡해졌다.

이만한 힘을 지닌 괴물이 갑자기 습격해 온다면 지구 2는 반드시 박살 날 것이다.

그것만은 막아야 한다.

'제기랄! 갑자기 이게 뭐야?'

힘의 예열이 끝나고 어느 정도 전력을 올릴 수 있게 되자 힘을 완전히 밀어낼 수 있었다.

팔이 저릿저릿하다.

이제 끝났나 싶어 궤도가 살짝 틀어진 지구 2를 조종하려 했으나,

콰아아아아앙!

"이런 썅!"

 힘은 한 번 더 밀려 들어왔다. 김성현은 참지 못하고 힘을 향해 뛰어올랐다.

 아직 예열된 몸이 식지 않았다. 힘은 한곳으로 집중된 게 아니어서 막아 내는 건 어렵지 않았다. 그대로 힘을 품 안으로 휘어잡았다.

 상당히 먼 곳에서 시작된 힘인지 추적해 봤지만 기감이 그곳까지 닿지 않았다.

 보아하니 외우주 시간상으로 며칠은 걸려서 온 모양이었다.

 김성현은 휘어잡은 힘을 최대한 압축시켰다.

 아까 전엔 방심해서 잠깐 밀렸지만 전력 태세라면 이 정도야 우습다.

 순식간에 축구공 크기로 압축시켰다. 뭉쳐 놓고 보니 그 힘은 굉장히 사악했다.

"마신의 것보다 훨씬 지독해."

 지금껏 상대한 외우주의 신격 중 마신보다 사악한 힘은 없었다.

 마신 이상의 사악을 지닌 존재가 있다는 게 충격적이었다.

 이 넓은 외우주에 그런 존재가 하나 없겠냐마는 자신이 알기로 마신은 외우주에서도 꽤나 강자에 속했다.

"귀찮군."

마신보다 사악한 존재가 외우주 어딘가에 있다 생각하니 벌써부터 귀찮아졌다.

김성현은 압축시킨 사악한 힘을 온 방향으로 집어 던졌다. 그리고 다시 지상으로 내려왔다.

외우주엔 생각보다 자신과 비슷한 수준의 적이 많을지도 모르겠다.

가볍게 몸을 풀었다.

당장은 여유를 좀 즐기려고 했는데 그럴 시간이 없다. 조금이라도 더 힘을 늘리는 데 집중해야 한다.

'요그 소토스 놈들만으로도 충분한데, 그 외의 놈들까지 신경 써야 한다니……'

외우주에 머물 시간이 더 늘어났다.

김성현은 이마를 손바닥으로 문지르며 곧장 다른 행성을 침공했다.

그로부터 한 달의 시간이 흘렀다.

✵ ✵ ✵

"식사하세요."

아린이 넓은 마당에 놓은 테이블 위에 토스트를 내려놨다.

버터를 이용해 노릇노릇하게 구운 것이 냄새가 기가 막혔다.

"잘 먹을게."

본격적으로 타 행성을 침공한 지 한 달째.

대략 300이 넘는 행성을 흡수하는 데 성공했다. 아무래도 중심부로 갈수록 행성의 주인들이 강해져 당초의 목표인 천 개를 흡수하는 건 불가능했다.

이번에도 위대한 종족이라 불리는 괴물들과의 전투에서 꽤나 위험했다.

괴상망측한 외형에 게 같은 집게를 가진 종족이었는데, 엄청난 과학 문명을 보유하고 있었다.

퀘스트 월드에서 보았던 미래형 종족들은 아무것도 아니었다. 특히나 무창의 탑이란 병기는 솔직히 소름 끼쳤다.

[살벌했죠.]

"오싹했지."

"전 죽는 줄 알았어요."

두 사람은 김성현의 옆에서 무창의 탑의 위력을 직접 경험했다.

다행히 김성현의 힘으로 막아 낼 순 있었지만 그 힘은 권능마저 압도했다.

[완전히 멸망시키지도 못했죠.]

"음……."

그리고 멸망시키지도 못했다.

그들에게서 승리하긴 했지만 강대한 과학 문명은 라플라스의 악마마저 속이고 시공간을 탈출했다.

아마 다른 곳에 다시 나타나 문명을 꾸리고 있을 것이다. 실로 무서운 종족이었다.

"자기들을 이스의 위대한 종족이라고 칭했었나?"

"네, 그랬어요."

"허세기 가득한 녀석들."

살다 살다 자기들을 위대한 종족이라고 부르는 놈들은 처음 봤다.

그런데 또 충분히 위대하다고 불려도 모자랄 정도로 강대하긴 했다.

아마 지적 생명체로 이루어진 종족 중에선 그들이 단연 최고일 것이다.

"근데 그놈들이 마지막에 했던 말이 난 자꾸 걸린다."

"크툴루가 깨어났다는 말이요?"

"역시 우리 아린은 기억력도 좋아요."

[불과 어제 일이잖습니까…….]

"조용히 해."

[눈꼴 시려서 정말…….]

"너도 짝 하나 만들어 줘?"

[필요 없습니다!]

듀란달이 툴툴거리며 저 멀리 사라졌다.

아린이 쟁반으로 입을 가리며 말했다.

"화났나 봐요."

"어차피 한 시간 뒤면 돌아와. 여튼, 그 크툴루라는 녀석이 대체 뭐기에 그 강력한 집게발 놈들이 두려워했던 걸까?"

"저야 모르죠."

냉정한 아린의 말에 김성현은 상처받았다. 또 틀린 말은 아니어서 속 좁게 삐치지도 못했다.

김성현은 한숨을 내쉬었다.

크툴루인지 뭐신지 모르겠지만 최근에 깨어난 그놈은 여러 행성을 게걸스럽게 집어삼키고 있는 중인 듯했다.

자신 역시 비슷하게 행성들을 흡수하고 있으니 조만간 맞붙을지도 모르겠다.

"이곳은 정말 방심할 수 없는 세계야."

"기뻐 보여요."

"엥?"

"입이 웃고 있잖아요."

"아······."

김성현은 저도 모르게 웃고 있다는 걸 깨달았다.

설마 목숨이 걸린 일에 웃을 줄은 몰랐다. 순간 소름이 돋았지만 명경지수로 빠르게 진정시켰다.

'자제하자.'

이 상황에 적응하고 즐기면 안 된다. 괴물이 되는 건 한순간이다.

아린이 괜찮다는 얼굴로 그의 얼굴을 문질렀다.

"괜찮아요. 옆에 내가 있잖아요. 식기 전에 드세요."

"응."

김성현은 옅은 미소를 지으며 토스트를 입에 물었다.

그때 하늘에서 검은빛이 뿜어져 나오더니 거대한 포탈이 나타났다.

아린을 곧장 아공간으로 집어넣고 듀란달을 소환했다.

[뭡니까?]

"습격이다."

검은 포탈에서 압도적인 크기의 성채가 모습을 드러냈다. 성채에서 말도 안 되는 사악함이 풀풀 흘러나왔다.

김성현은 긴장한 얼굴로 마른침을 삼켰다.

성채의 아랫부분에서 거대한 어둠의 광선이 직선으로 떨어져 내렸다.

단숨에 지구 2가 관통되며 대지가 무너져 내리기 시작했다.

* * *

외우주의 중심부엔 거대한 궁전이 놓여 있다.

그것은 온갖 생물들을 뒤섞어 놓은 듯한 괴상한 모습이며, 그 주변을 하위 신격들이 공전하며 악기를 연주한다.

궁전 깊숙한 곳엔 거대한 옥좌가 하나 놓여 있는데, 옥좌의 주인은 외우주가 탄생한 이래로 단 한 번도 바뀐 적이 없었다.

모든 존재들의 아버지이자 외우주의 진정한 왕. 세상의 주인이며 모든 것을 아우르는 절대 신격.

누구도 그가 하는 말을 이해할 수 없으며, 이해한다면 외우주의 신격이라도 견딜 수 없는 광기에 사로잡힌다.

그런 존재가 옥좌 위에 앉아 어딘가를 주시하고 있었다. 계속해서 알 수 없는 말을 중얼거리며.

'또 시작이시군.'

그리고 그를 유일하게 보필할 수 있는 존재가 있었으니,

"오늘은 또 무얼 보십니까?"

바로 최상위 신격이자 아우터 갓의 왕인 요그 소토스에게도 밀리지 않는 니알라토텝이었다.

외우주 최고의 지성이라 불리는 그녀지만 자신의 아버지이자 왕인 그의 말은 도저히 이해할 수 없었다.

"오늘은 멋있는 걸 먹고 자리에서 싸고 싶구나."

"예?"

"저 아이는 신선한 과즙을 쏟아 내며 도너츠에 구멍을 내는구나. 저게 먹고 싶다."

"명령이신가요?"

"허기가 지다. 허허허!"

알 수 없는 말을 늘어트리며 소탈하게 웃는다.

니알라토텝은 고운 미간을 찌푸릴 수밖에 없었다. 분명 어떤 것을 비유한 게 분명한데 감도 오지 않는다.

그녀는 그가 보고 있는 곳을 쳐다보았다.

하지만 왕의 궁전은 오로지 왕만이 투시할 수 있다. 아무리 최상위 신격이라도 그 절대 법칙을 무시할 순 없었다.

"하아! 우둔한 나의 아버지여, 일단 다녀오겠습니다."

멋있는 걸 먹고 싶다는 게 뭔지, 신선한 과즙을 쏟아 내며 도너츠에 구멍을 내는 게 뭔지 모른다.

하지만 그가 먹고 싶다고 했으니 찾아와야 한다.

내려진 명령을 실패해도 질책은 없지만 그것은 충만한 사명감이었다.

니알라토텝이 고개를 숙이고 궁전을 빠져나갔다.

그녀가 나간 걸 확인한 만물의 아비이자 왕인 '아자토스'는 옥좌에서 몸을 일으켰다.

"맛있는 건 탈 나지. 탈 나는 건 소화가 안 돼. 소화가 안 되면 괴로워. 하지만 그만큼 욕심이 생기지. 혼돈이 너를 지켜볼 것이다."

아자토스는 말을 마치고 다시 옥좌에 앉았다. 그가 응시하는 곳에서 벌어진 전투를 다시 지켜보기 위해서.

✶ ✶ ✶

김성현은 검게 퍼져 나가는 폭연을 보며 헛기침을 했다.
"쿨럭쿨럭!"
갑작스러운 거대 어둠 기둥이 대지를 덮쳐 왔다.
상상을 초월하는 힘이라 막아 낼 수 없었다. 아린을 아공간에 집어넣은 건 옳은 판단이었다.
[주인님! 이게 무슨!]
손에서 바들바들 떨고 있는 듀란달이 느껴졌다. 그 역시 어둠 기둥이 선보인 엄청난 위력에 겁을 집어먹은 듯했다.
김성현은 이를 바득 갈며 시선을 위로 올렸다.
폭연에 가려져 보이진 않지만 그 위로 성채가 움직이는 게 느껴졌다.
누군지는 모르겠지만 상대를 잘못 골랐다.
"내가 어떻게 키운 지구 2인데!"

왼손가락을 살짝 구부린 뒤 구체 형태로 힘을 압축시켰다.

위잉!

폭연 사이로 불길한 빛이 번쩍이며 뭔가 작동된 소리가 들려왔다.

김성현은 눈을 크게 뜨고 위쪽으로 날아올랐다. 동시에 한 줄기 광선이 그가 있던 자리를 꿰뚫었다.

이번에도 지구 2가 통째로 관통되며 내핵에 잠들어 있던 대량의 마그마가 솟구쳤다.

지구 2는 삽시간에 재앙으로 뒤덮인 멸망 직전의 행성이 되었다.

"이 새끼가!"

왼손에 압축시킨 힘을 성채 방향으로 집어 던졌다.

크기는 작지만 성채 정도는 흔적도 없이 날려 버릴 수 있는 위력을 담고 있다.

그러나 구체는 성채를 둘러싸고 있는 보호막을 뚫지 못하고 소멸했다.

자존심이 상했다.

설마 보호막 따위를 뚫지 못할 줄이야. 그렇다면 더 큰 힘으로 부숴 줄 수밖에.

[어둠의 인력:퓨어 이블(Pure Evil)]

5개의 어둠의 구체가 성채를 둘러쌌다. 구체끼리 검은 전류로 이어지며 대량의 인력을 뿜어내기 시작했다.

아무리 성채라도 강대한 신격이 가지고 있던 권능의 힘을 무시할 순 없다.

성채의 움직임이 멎었다.

보호막이 흐트러지며 서서히 분해되기 시작했다.

성채 역시 블랙홀의 100배에 달하는 인력을 견디지 못하고 흡수되기 시작했다.

거기서 끝이 아니었다.

[공간 조정:미세 폭발]

아셀라우시스를 흡수하며 새로 얻은 권능, 공간 조정이 발동했다.

마음만 먹으면 우주의 절반을 날려 버릴 수 있는 권능이다.

성채 중심부부터 시작해 공간이 확장되며 거대한 폭발이 발생했다.

상대를 잘못 골랐다. 누군지는 모르겠지만 이곳을 침공한 걸 후회하게 만들어 줄 것이다.

"이제 그만 나와!"

성채가 반파된 이상 숨을 곳 따윈 없다.

성채의 주인은 당장 밖으로 튀어나와야만 이어질 폭발에서 살아남을 수 있을 것이다.

물론 나오는 순간 라이프 올 데스로 곧장 죽여 버릴 거지만.

-놀랍다.

김성현의 머릿속에 불쾌한 목소리가 들려왔다. 성채 주인의 목소리인 듯했다.

-이 정도로 르뤼에에 타격을 입히다니. 권능도 두 가지인 걸 보면 꽤나 격을 쌓은 신격인 듯하군.

"이 기분 나쁜 목소리 치워."

김성현이 싸늘하게 대꾸했다.

"주인님에게 망발을!"

그때 허공이 열리며 거대한 어인이 나타났다.

어인은 쥐고 있는 삼지창을 힘껏 휘둘렀다. 성채 주인의 하수인인 모양이었다. 그런데 품고 있는 힘이 작지 않았다.

김성현은 삼지창을 피하며 빠른 반사 속도로 창날을 붙잡았다. 과하게 크긴 했지만 어둠의 인력 덕분에 붙잡는 건 쉬웠다.

거대 어인, 다곤이 비린내 나는 아가리를 벌렸다. 에메랄드빛의 브레스가 역한 냄새와 함께 뿜어져 나왔다.

[라플라스의 악마 발동]

브레스를 피하고 순식간에 다곤의 지척까지 다가갔다. 빠른 움직임에 놈은 쉽게 대처하지 못했다.

김성현은 가슴 안쪽으로 말아 쥔 주먹을 직선으로 내질

렀다. 다곤의 옆구리가 뻥 뚫리며 검은 피가 터져 나왔다.

"쿠웨에엑!"

다곤이 괴로운 듯 비명을 질렀다. 상당히 듣기 좋은 소리였다.

김성현은 듀란달을 어검술로 조종해 단숨에 녀석의 목을 갈랐다.

[주인님!]

하지만 무언가의 방해로 목을 베는 건 실패했다. 성채의 주인이 움직인 것이다.

김성현의 입술이 위쪽으로 길게 그어졌다.

"드디어 나왔나!"

펼친 두 손바닥을 겹쳤다.

다곤의 뒤에서 사악한 어둠으로 이루어진 거대한 손이 나타났다. 그것을 향해 있는 힘껏 힘의 광선을 쏘았다.

콰아아아아앙!

권능은 아니지만 권능에 쓰이는 힘을 끌어다 쓴 공격이다. 그에 준하는 힘이 아니라면 막는 것조차 어려울 것이다.

하나 그 생각을 무색하게 만들 정도로 거대한 힘이 광선을 손쉽게 흡수했다.

"흡수했다?"

[흐, 흡수했다는 건!]

"이런 제길!"

권능류는 아닌 것 같지만 왠지 불길하다.

일단 거대 손과 최대한 거리를 벌렸다. 이 이상 공격해 봐야 그대로 흡수될 것 같았기 때문이다.

그리고 그 예상은 정확히 들어맞았다.

흡수된 광선이 역으로 쏘아졌다.

동시에 주변 에너지부터 사물까지 가리지 않고 흡수하기 시작했다.

"칫!"

광선을 한 끗 차이로 피한 김성현이 낮게 혀를 찼다.

다곤의 모습은 어디로 사라졌는지 보이지 않았다.

대신 그 자리에 꺼림칙한 덩어리가 꿈틀거리고 있었다.

어마어마한 사악함이다. 성채 주변에서 간접적으로 느끼던 것과는 차원이 다르다.

[일단 지구 2 바깥으로 내보내야 합니다.]

"그럴 생각이었어."

지구 2에서 전투를 이어 간다면 버티지 못하고 파괴될 게 분명하다.

그렇게 되도록 놔둘 생각은 없었다.

김성현은 덩어리를 향해 비행했다.

거대 손이 사악한 힘을 쏘아 냈지만 저런 것에 맞을 정도로 허술하지 않았다. 그리고 공격을 당해 줄 만큼 어리숙하지도 않았다.

주변에 에너지 덩어리를 뭉쳐 똑같이 발사했다. 허공에서 두 힘의 덩어리가 부딪치며 강한 폭발을 일으켰다.

-제법이군.

덩어리에서 목소리가 흘러나왔다.

괴상망측한 모양새부터 시작해서 목소리까지 마음에 드는 게 하나도 없다.

놈과 어느 정도 거리가 줄어들었다. 김성현은 아랫입술을 깨물며 권능을 발동시켰다.

"일단 저리 꺼져!"

[공간 조정:밀어내기]

덩어리가 밀리지 않기 위해 힘으로 버텼지만, 공간 조정은 버틴다고 버틸 수 있는 게 아니다.

당초 공간 자체를 조작하는 힘이다.

-으음, 귀찮은 권능이구나.

권능임을 아는데도 놈은 무덤덤하게 반응했다. 김성현은 그게 마음에 들지 않았다.

보아하니 신격은 아닌 것 같았다. 신격이었으면 벌써 권능을 사용해도 몇 번은 사용했을 것이다.

신격도 아닌 주제에 건방지게 자신을 아래로 깔보고 있다.

"이 새끼! 찢어 죽인다!"

[흥분은 금물입니다! 명경지수를 사용하십시오!]

"후우……. 알겠어."

듀란달의 충언 덕분에 김성현은 어느 정도 진정할 수 있었다. 그가 없었다면 폭주해 버렸을 것이다.

명경지수 상태로 돌입할 수 있는 정신력인데도 모순 세계의 영향으로 자주 잊게 된다.

모순 세계의 큰 단점이었다.

역시 듀란달은 큰 도움이 된다. 예전엔 전력적으로 도움이 됐다면 요즘은 전투 서포터로서 많은 도움을 주었다. 지금처럼 말이다.

"고맙다."

[그런 말 할 시간에 집중하세요!]

"응!"

[명경지수:신중함]

지금부터 한 치의 실수도 용납하지 않는다.

김성현은 평온해진 눈으로 멀어지는 덩어리를 보았다.

거대 손에서 계속 강력한 힘이 쏘아져 오고 있지만 무시해도 상관없다.

어차피 공간 조정의 힘으로 왜곡된 공간에 의해 근처에도 오지 못한다.

중요한 건 놈의 공격을 어떻게 막느냐가 아니다. 어떻게 쓰러뜨리느냐다.

'찾아보면 방법은 많다.'

권능의 유무는 굉장히 크다. 외우주를 지배하는 자들이 왜 신격으로만 이루어져 있는지만 봐도 충분히 알 수 있었다.

그에 준하는 괴물이나 종족이 없진 않다. 그렇다고 신격을 능가하냐고 물어보면 그건 또 아니었다.

저 괴물 역시 마찬가지.

분명 상위 신격에 준하는 힘을 지닌 건 확실하지만 권능은 존재하지 않는다.

반면에 김성현은 5개의 권능을 쥐고 있었다.

누가 봐도 압도적인 전력 차!

[라이프 올 데스:파워 워드 킬]

놈도 생물인 이상 라이프 올 데스의 영향력에선 벗어날 수 없다. 아셀라우시스조차 무력화시킨 권능이다.

-놀랍도다.

덩어리에 균열이 벌어지며 그 틈새로 하얀빛이 뿜어져 나왔다. 즉살이 적용된 것이다.

그런데 뭔가 좀 다르다.

[저, 저놈!]

"미친……."

격 높은 존재라도 파워 워드 킬에 당하면 죽진 않더라도 치명상을 입는다.

한데 덩어리는 균열이 벌어진 틈으로 새로운 육체를 꺼내고 있었다.

몸집에 비해 왜소한 피막 날개와 문어 두상, 엄청난 크기의 거인형 육체.

마치 알에서 깨어난 것처럼 녹색 체액이 놈의 미끈한 몸을 타고 흘러내린다.

김성현은 순간 그에게서 미지의 힘을 느꼈다.

그것은 자신을 주시하고 있었으며, 범접할 수 없는 격을 논하고 있었다.

"이, 이게 대체……!"

아직 신격이 되기 전, 요그 소토스의 전력을 봤을 때도 이렇게 압도되진 않았다.

깨어난 크툴루가 불쾌한 목소리로 중얼거렸다.

-보고 계신 겁니까.

누구한테 말하는 건지는 모르겠지만 기분은 좋아 보이지 않았다.

김성현은 명경지수로 애써 답답한 가슴을 진정시켰다.

놈의 뒤에 누가 있는지는 모르겠지만 당장 나설 것 같진 않다.

"놈을 빠르게 끝낸다! 서포팅을 부탁한다!"

[맡겨만 주십쇼!]

김성현이 크툴루를 향해 몸을 날렸다.

-전력을 다해 오라.

"오만한 발언! 후회하게 해 주마!"

김성현이 가지고 있는 권능을 몽땅 쏟아 냈다.

두 존재가 충돌하며 거대한 빛과 혼돈이 동시에 발생했다.

모든 외우주의 존재들이 그곳에 집중했다.

Chapter 6

레벨이 대수냐

 크툴루의 작은 피막 날개가 펼쳐지며 뱀처럼 기괴한 곡선을 그리는 광선들이 쏟아졌다.

 김성현은 기운을 얇은 실 가닥 여러 개로 압축시킨 뒤 불규칙하게 날아오는 광선들을 요격했다.

 커즈의 화신체를 상대로 시험해 본 기술로 위력은 상당했다.

 콰아앙!

 거대한 폭발이 사방에서 빗발친다.

 "조금 더 효율적으로 싸운다!"

 [네!]

듀란달은 더 이상 무기로서 큰 가치가 없다.

대신 탁월한 마력 교감 능력과 신성력으로 김성현이 컨트롤하지 못하는 미세한 부분을 전담하고 있었다.

그의 주변에 몇 덩이의 구체가 생성되며 고속으로 회전하기 시작했다.

크툴루의 노란 눈에 이채가 스쳤다.

-재밌는 걸 노리는군.

슈퍼노바처럼 높낮이 없는 목소리는 듣기 싫었다.

고속 회전하는 에너지 덩어리를 놈을 향해 발사했다.

일개 탄환 따위와는 비교할 수 없는 회전수는 공간을 일그러트렸다.

큰 피해는 주지 못하지만 닿는다면 무시 못할 상처를 입을 것이다.

크툴루도 그 점을 눈치챘는지 수천 겹의 보호막을 중첩시켰다.

콰가강!

-위력은 꽤 있나.

절반 가까이 되는 보호막이 관통됐다.

김성현은 어처구니가 없었다.

살다 살다 그 짧은 시간에 보호막 수천 겹을 만들다니. 누가 보면 보호막 빠르게 만드는 게 권능인 줄 알겠다.

아니, 사실상 놈의 힘 자체가 권능에 준했다.

절대 지금까지 싸웠던 신격들에게 밀리지 않는다. 오히려 누기르 같은 놈보단 월등히 강력했다.

[어둠의 인력+공간 조정:점(點)의 감옥]

어둠의 인력과 공간 조정은 비슷한 종류의 권능이다.

어둠의 인력은 잡아당기는 힘이 월등하고, 공간 조정은 수축을 통해 인력과 같은 효과를 가진다.

그런 두 권능을 융합시킨다면 아무리 상위 신격이라도 벗어날 수 없는 점의 감옥을 만들 수 있었다.

크툴루가 급하게 있던 자리에서 도망치려 했다. 그러나 권능이란 게 그렇게 피하기 쉬운 게 아니다.

-크흠!

이미 강력한 인력으로 움직임에 제약이 걸렸다.

거기다 공간 조정이 가진 수축이 놈을 강제로 어둠의 인력 안으로 잡아당겼다.

사악한 힘을 끄집어내며 어둠의 인력을 파괴하려 했지만, 아마추어도 아니고.

"내가 그렇게 쉽게 파괴하게 둘 것 같냐?"

너무 어리숙하게 봤다가는 큰코다친다.

어둠의 인력 안에 심어 둔 힘이 깨어났다.

크툴루는 양팔을 교차시키고 그 위를 날개로 덮었다.

작았던 날개가 확 커지는 걸 보니 크기를 조정할 수 있는 모양이다.

그러나 소용없다. 애당초 피하거나 막을 수 있는 공격이 아니다.

[공간 조정:빅뱅(Big Bang)]

예전 요툰에서 에밀리야라는 여인이 빅뱅이라 이름 붙은 기술을 사용한 적이 있었다.

위력은 카오틱 구울을 잠깐이나마 무력화시켰다. 충분히 굉장하고 엄청난 위력이었다.

하지만 지금부터 김성현이 사용할 빅뱅은 그것과는 궤를 달리했다. 정말로 한 우주를 멸망시키고 새로운 우주를 탄생시킬 정도의 힘이다.

이곳은 외우주. 빅뱅이 몇 발 정도 터져도 꿈쩍도 하지 않을 것이다.

[그러니 마음껏 사용하십시오.]

"지구 2가 날아가는 게 조금 아쉽구만."

만든 지 얼마 되지도 않았다. 애써 판데리아와 이어 놨는데, 무용지물이 되었다.

그래도 놈을 죽일 수만 있다면 그 정도는 감내할 만했다.

얼마나 괴물 같은 녀석인지는 잘 알았다. 하지만 빅뱅을 직격당하고도 과연 멀쩡할 수 있을까?

"네버!"

크툴루를 묶고 있는 점이 일순 번쩍였다. 김성현은 빛을 차단하는 장막을 펼쳤다.

아직 시작도 안 했는데 피부를 녹일 것 같은 열기가 외우주 전체로 퍼졌다. 그 틈에서 노랗게 타오르는 놈의 시선이 보였다.

-대단하다.

그는 진심으로 감탄했다. 적인 김성현에게까지 진심이 전해질 정도였다.

그러나 딱 그 정도뿐이라고 크툴루는 생각했다.

분명 많은 수의 권능을 가지고 자신을 밀어붙였지만 이대로는 좀 힘들다.

보아하니 목적은 '아버지'를 보필하는 최상위 신격들인 모양인데, 이 상태라면 불가능하다.

-당장 나조차 쓰러트리지 못할 텐데 어찌하려는가.

권능, 공간 조정으로 만들어지는 빅뱅.

크툴루는 피부, 신경, 혈관, 뼈까지 녹아내리는 걸 보며 피식 웃었다.

징그러운 촉수가 꿈틀거린다.

이윽고 거대한 폭발이 지척에서 발생했다.

크툴루의 거대한 신체는 한 줌도 남지 않고 모조리 녹아

내렸다.

 나아가 다곤과 그의 분신들인 딥 원들 또한 거대한 열기와 폭발력에 흔적도 없이 사라졌다.

 김성현은 확장을 한 번 더 사용해 폭발의 영향력이 닿지 않도록 했다.

 [엄청난 위력입니다.]

 "나도 이 정도일 줄은 몰랐는데."

 아셀라우시스가 퀘스트 월드를 대부분 날려 버렸을 때보다 훨씬 위력이 강력하다.

 이 정도면 요그 소토스나 니알라토텝 같은 자들에게도 통할 정도다.

 빅뱅은 대략 수 시간 정도 유지되었다.

 우주를 날려 버리고 새로 만들어 낼 정도의 폭발이니 오히려 짧은 편이었다.

 김성현은 폭발의 여파를 기운으로 날려 버렸다. 크툴루와 함께 주변 행성들까지 모조리 날아갔다. 당연하게도 살아남은 생명체는 단 하나도 없었다.

 "엄청난 공격기였어. 아주 멋진걸?"

 [예. 지구 2가 흔적도 없이 날아가긴 했지만요.]

 "그건 새로 만들면 돼. 귀찮긴 해도……."

 한 달간의 고생을 또 반복할 거라 생각하니 짜증 난다.

그래도 크툴루의 힘을 흡수한다면 어느 정도 만회된다. 육체는 소실되었어도 힘의 잔재나 영혼은 남아 있을 테니까.

그 생각을 품고 놈이 있던 장소로 다가갔다. 그리고 지금까지의 생각을 우습게 만들 광경이 펼쳐졌다.

[주인님!]

"빌어먹을!"

[왼쪽입니다!]

거대한 에너지가 왼쪽 아래에서 쏘아졌다.

몸을 뒤로 날리는 것으로 간신히 공격을 피해 냈다. 직격당했다면 어떻게 됐을지 모를 위력이었다.

이 근방에 이 정도의 공격을 퍼부을 존재는 한 명도 남지 않았다. 설마 시공간 능력을 가진 적이 이 틈을 노리고 침입한 건가?

[또 옵니다!]

"나도 알아!"

기검(氣劍)을 만들어 또 쏘아져 오는 에너지를 막아 냈다.

몸이 뒤로 쭉 밀려났지만 공간 조정으로 에너지를 왜곡시켜 완전히 흩어 버렸다.

김성현은 정신을 집중하고 주변의 기척을 살폈다.

아무것도 느껴지지 않았다.

아무리 외우주라도 자신의 기감을 피하는 건 불가능하다.

그 정도 격차가 나는 존재가 없기 때문이다.

소문으로만 들은 '우둔한 아버지' 정도라면 몰라도.

"칫! 안 보이면 보이게 만들면 돼!"

[공간 조정:밀실]

밀실은 공간을 수축하는 기술로 한곳을 집중해서 수축하는 게 아니라 넓은 면적을 자신의 근처까지 잡아당기는 기술이었다.

수만 킬로미터 바깥에서부터 잡아당겼으니 누구라도 붙잡혀 올 것이다.

이것이 공간 조정이 갖는 절대성이었다.

그런 다음 라플라스의 악마를 발동했다.

[라플라스의 악마:술래잡기]

라플라스의 악마는 목적만 확실하다면 모든 가능성을 펼쳐 볼 수 있었다.

지금 할 것은 술래잡기로, 자신을 공격한 대상을 찾기 위한 가능성을 펼쳐 보는 것이었다. 그리고 그중 최선의 가능성을 골라 상대를 죽인다.

"라플라스의 악마는 절대 피할 수 없어."

권능마다 가지는 절대성이 존재한다.

라플라스의 악마의 경우는 가능성이 하나라도 있는 한 그 사실을 확정짓는다.

눈앞에 보이지 않아도 가능성이 드는 순간 확정되는 것이다.

김성현의 입꼬리가 올라갔다.

라플라스의 악마는 일종의 미래시다.

대놓고 미래를 보는 건 아니지만 가능성을 바탕으로 어느 정도 미래를 엿볼 수 있다.

어디서 공격이 날아오는지, 어떤 방법으로 추적하는지, 마지막 결과가 어떻게 되는지.

"네가 테베즈의 드림 랜드 같은 권능이 없다면, 그리고 그 권능이 내게 통하게끔 안배해 놓지 않는다면 절대 도망칠 수 없어!"

테베즈는 영리하고 무서운 적이었다.

그가 보낸 꿈의 세계에서 명경지수를 깨닫지 못했다면 이곳에 있는 건 그였으리라.

하지만 김성현이 착각하고 있는 게 있었다.

첫째.

-나의 무력을 간과했노라.

라플라스의 악마로 김성현은 숨어 있던 크툴루의 위치를 정확히 포착, 공격했다.

따앙!

쇳덩이를 때리는 소리가 울려 퍼졌다.

숨겨져 있던 크툴루의 육체가 천천히 복구되며 본모습을 드러냈다.

김성현이 눈살을 찌푸렸다. 자신의 인지를 한참이나 초월한 투명화였다. 이쯤 되니 정말 권능이 없는 게 맞는지 의구심이 들었다.

그때 시야를 모두 가리는 거대한 크툴루의 주먹이 날아들었다.

힘을 응축시켜 방패 형태의 보호막을 펼쳤다.

그러나,

"커헉!"

-막으면 된다고 생각했나.

보호막이 무참히 깨져 나간다.

거대한 주먹이 전신을 강타하며 몸뚱이를 뒤흔들었다.

순간적으로 의식이 날아갔다 돌아왔다.

외우주의 신격이 된 이후 누군가에게 얻어맞고 의식이 날아간 건 이번이 처음이었다.

[정신 차리세요!]

듀란달이 링크를 통해 날아간 의식을 재빨리 붙잡아서 다행이었다.

아직까지 멍하다. 시야가 여러 개로 분산되어 보이고, 두통 때문에 머리가 어질어질했다.

예상치 못했던 충격이었기 때문일까. 의식은 되찾았지만 아무것도 할 수가 없다.

하지만 적은 기다려 주지 않는다.

둘째.

-자신의 힘을 너무 과신했노라.

망치 같은 주먹이 위에서부터 떨어진다.

방금 전엔 보호막으로 그나마 충격을 덜었지, 지금은 완전히 무방비 상태다. 저런 걸 맞는다면 이번엔 꽤 오래 의식이 날아갈지도 모른다.

-강한 적들을 이겨 왔겠지. 그중엔 나와 준하는 적들도 분명 있었을 터. 그건 인정하마.

크툴루의 기분 나쁜 목소리가 귀에 쏙쏙 박혀 온다.

-하나 그 경험이 너의 발목을 붙잡았다.

'저게 뭔 개소리야?'

경험이 플러스 됐으면 됐지, 발목을 붙잡는다는 건 헛소리였다. 다음 이어진 그의 말을 듣지 않았다면 계속 그렇게 생각했을 것이다.

-넌 외우주에서 그들보다 강한 적은 우둔한 아버지를 보필하는 최상위 신격들밖에 없다고 생각했겠지.

순간 뜨끔했다. 마치 마음을 읽힌 것 같았다.

그럴 줄 알았다는 듯 크툴루가 입가의 촉수를 꿈틀거리

며 피식 웃었다.

-다른 자들은 모두 자신의 하수로 깔보며 여유롭게 세력을 불려 나갈 수 있을 줄 알았나.

'이런 개 같은 새끼……'

차라리 주먹으로 때리는 게 팩트 폭력보단 덜 아플 것 같았다.

김성현은 반박하고 싶었지만 사실이라 할 수도 없었다.

-죽어라. 너의 힘, 내가 맛있게 흡수하마.

멈춘 것 같던 주먹이 다시 움직인다.

그래. 저 녀석의 말처럼 방심, 아니 과신했다.

생각해 보면 위대한 종족이란 놈들도 엄청난 강자였다.

비록 종족 단위로 움직이지만 그들이 가진 기술력은 자신을 위험에 빠트릴 정도였다.

중심부로 갈수록 그런 자들이 더 나올 거라 생각하긴 했다.

그래도 그들을 아래로 봤다. 위대한 종족도 위험하다지만 승부를 본다면 승리를 확신할 수 있었으니까.

그런데 지금 꼴을 보면 얼마나 멍청했는지 여실히 깨달을 수 있었다.

지금까지 얻은 권능들이 아까울 정도로 멍청하게 굴었다.

이게 무슨 신격이란 말인가. 덜떨어진 바보도 이러진 않으리라.

스스로에게 고구마를 왕창 먹인 기분이었다.

[그걸 깨달았다면 됐습니다.]

듀란달의 위안에 희미한 미소를 지었다.

저 주먹을 피하는 건 솔직히 불가능하다. 그렇다면 피하는 것 말고 피해를 최소화시키는 쪽으로 가야 한다. 그 정답을 라플라스의 악마가 알려 주었다.

[라플라스의 악마:묘수(妙手)]

크툴루의 주먹이 전신을 또 한 번 후려쳤다.

김성현은 의식이 아득히 멀어지는 걸 느꼈지만 이번엔 기절하지 않았다.

이유는 간단했다.

[공간 조정:척력(斥力)]

✻ ✻ ✻

"크툴루의 육체는 위대하다. 그는 비록 외우주의 신격은 아니지만 혈통만 따졌을 때 분명한 왕족. 그 타고난 핏줄은 다른 형제들과 비교할 수 없을 정도로 뛰어나다. 만약 그가 원한다면 위대한 신격이라도 절대 만만히 볼 수 없을 터. 나아가 방심한다면 죽음을 면치 못하리라."

"큭!"

김성현은 척력으로 크툴루의 주먹을 밀어내고 있었지만 충격을 쉽게 완화시킬 순 없었다.

말도 안 되는 근력이다. 제대로 닿지 않았는데도 뼈마디가 모두 박살 나는 것 같다.

[주인님, 견딜 수가 없습니다……]

듀란달의 목소리에서 힘이 느껴지지 않았다.

당연한 현상이었다. 자신도 이 공격에서 자유롭지 못한데, 듀란달이 멀쩡할 리가 없다. 의식을 잃지 않은 것만으로도 칭찬해 줄 만했다.

'할 수 없다……'

자기 권능에 자기가 당하는 격이지만 차라리 그 편이 피해를 덜 받을 것이다.

김성현은 척력을 자신의 방향으로 돌렸다.

묵직한 중력의 힘이 몸 전체를 짓누르며 거대한 주먹에게서 멀어지기 시작했다.

"큽!"

숨이 턱! 하고 막혀 온다. 공간 조정의 힘이 이토록 강한 줄 몰랐다.

김성현은 흐릿해지는 의식을 억지로 잡아냈다. 덕분에 크툴루와 거리가 어느 정도 벌어졌다.

-도망쳤는가.

"후욱! 후욱……! 전략적 후퇴다."

-입만 살았군.

크툴루의 거체가 다시 한 번 움직였다. 부피가 크다 보니 먼 거리를 상대적으로 빠르게 좁혀 왔다.

한 번 더 척력을 발동했다. 좁혀지던 거리가 더 이상 가까워지지 않고 제자리걸음이 되었다.

크툴루도 억지로 다가가 봐야 붙잡을 수 없다는 걸 깨달았는지 허공에 멈췄다.

굳이 주먹으로 패지 않더라도 방법은 많았다.

크툴루가 매끈거리는 두 손을 펼치고 양팔을 들었다.

찌릿!

"이 괴물……!"

피부가 저릿할 정도의 사악함이 그의 양손에서 느껴졌다.

새까만 기운이 거품처럼 모여들며 점점 거대한 구체가 되어 간다.

폭력적인 파워였다. 이 정도면 스치기만 해도 최소 중상이다.

아까 전의 자신이었다면 분명 저 거대한 힘에 맞서 과욕을 부렸을 것이다. 그리고 결국 힘 싸움에서 밀려 패배했으리라.

그러나 이젠 다르다.

'강력하긴 하지만 못 피할 기술은 아니다.'

김성현은 곧장 라플라스의 악마를 발동했다.

막는 것도 좋겠지만 최대한 회피하는 쪽으로 방향을 잡아야 한다.

가까운 미래가 흐릿하게나마 눈앞에 펼쳐졌다.

크툴루가 재미있다는 듯 불쾌한 음성을 흘렸다.

-뜻대로 될 것 같은가.

"물론이다."

-과신하지 말라 하지 않았나.

"과신이 아니다."

-그걸 두고 과신이라고 하는 것이다.

"아니, 이건 확신이다!"

크툴루가 눈을 가늘게 뜨며 거대한 힘의 구체를 압축시켰다.

이것은 단순히 집어 던져 맞히는 공격이 아니다.

손안에 딱 들어올 정도로 구체가 작아졌다. 그렇다 해도 인간보단 월등히 큰 사이즈였다.

김성현이 긴장한 얼굴로 언제든 전력을 끌어낼 수 있게 준비를 마쳤다.

크툴루의 노란 눈동자에 일순 강한 살기가 맺혔다.

"지금!"

구체가 손안에서 갈라졌다. 검은 입자가 퍼져 나오며 흉악한 기운이 외우주를 뒤집을 기세로 뿜어졌다.

그것은 사념(死念)이었다.

신격조차 미쳐 버리게 만들 수 있는 사념으로 크툴루가 오랜 세월 고안해 낸 일종의 독이었다.

피할 수도, 막을 수도 없다.

당장 죽거나 하진 않지만 일생을 괴로움에 몸부림치다 결국 최악의 환영에 스스로 목숨을 끊으리라.

-죽어라, 오만한 신격이여.

"너야말로 날 너무 무시했다."

사념이 퍼지는 속도는 엄청났다. 계속 거리를 벌렸지만 결국 따라잡히고 말 것이다.

만약 라플라스의 악마가 없었더라면 이미 끝났을 것이다.

하지만 자신에겐 라플라스의 악마가, 모든 가능성을 보여 주는 희대의 사기 권능이 존재했다.

[어둠의 인력:다중 차원 붕괴]

허공에 수백 개의 검은 구체가 만들어졌다. 하나같이 차원 멸망 직후 발생한 블랙홀급의 중력을 품고 있었다.

사념이 검은 구체 쪽으로 서서히 빨려 들어가기 시작했다.

크툴루가 같잖은 듯 말했다.

-설마 중력으로 잡아당기면 막을 수 있을 거라 생각하나.

그의 손안에선 새로운 사념이 무한히 증식하고 있었다.

이것은 대상을 말소시킬 때까지 영원히 샘솟을 것이다. 중력 따위로 어떻게 해 볼 수 있는 게 아니란 말이다.

김성현이 한쪽 입꼬리를 들어 올렸다.

"누가 중력으로 붙잡는대?"

-뭐라.

"멍청하긴. 주변을 잘 살펴봐라. 물론 살펴볼 겨를이 있다면 말이지!"

강대한 기운을 압축시켜 만든 창을 오른손으로 꽉 쥐고 크툴루에게 투창했다.

피슈우욱!

창은 엄청난 속도로 쏘아져 나갔다.

크툴루가 사념을 한 손에 집중하고 다른 손은 창을 향해 뻗었다.

그럴 줄 알았다. 무시하기엔 꽤나 큰 힘이었을 터다.

"살펴봐야 한다니까."

콰칭!

그 순간 그들이 싸우는 공간에 거대한 균열이 발생했다.

그것들은 곳곳에서 불규칙적으로 발생했는데, 김성현에게만큼은 매우 규칙적으로 보였다.

음에 높낮이가 없는 크툴루가 처음으로 당황한 목소리를 냈다.

-무슨 짓을 한 거지?

"글쎄?"

스으으!

어딘가에서 바람 소리가 들려왔다. 진공상태의 우주에서 바람이 불 리 없었다.

잘 보니 균열의 틈새에서 흘러나오는 소리였다. 그곳에서 미약하지만 바람이 빨려 들어가고 있었다.

크툴루의 노란 눈이 동그랗게 떠졌다. 명백히 당황한 것이다.

"이봐! 눈앞의 창은 잊어버린 거야?"

-이런.

"이미 늦었어."

크툴루가 창을 잡아내기 직전 압축시켜 놓은 기운을 해방시켰다.

눈이 아플 정도의 황금빛이 폭사되며 놈을 제대로 덮쳤다.

빅뱅과 비교하면 초라한 위력이지만 그의 정신을 흔들기엔 충분했다.

김성현은 크툴루의 시선이 끊어진 틈을 타 손바닥을 모으고 앞으로 쭉 뻗었다.

그리고 접착제로 달라붙은 듯한 손바닥을 힘겹게 떼어 내듯 팬터마임을 하기 시작했다.

실제론 그냥 붙인 손바닥인데, 바들바들 떨리며 벌어지는 두 손을 보니 실제로 부착된 게 아닌가 싶을 정도였다.

[공간 조정:반반(半半)]

손바닥이 맞닿았던 부분을 중심으로 공간이 벌어지기 시작했다.

퍼져 나가던 사념의 움직임이 멈추었다. 그리고 벌어지는 공간의 힘을 이기지 못하고 파도에 휩쓸려 나가는 쓰레기처럼 균열 쪽으로 밀려나기 시작했다.

사념이 균열 바깥으로 흘러 들어가는 바람에 섞여 점점 사라져 갔다.

크툴루의 사념은 분명 위험하다. 아무리 김성현이라고 해도 사념의 고통을 견딜 자신이 없었다. 그렇다면 다른 세계로 날려 보내면 그만이다.

외우주가 모든 세상의 중심이며 태초부터 존재해 온 제1 우주인 것은 사실이다.

하지만 우주가 외우주만 있는 건 아니었다.

"슬슬 마무리를 짓자."

오른손에 즉살의 힘을 담았다.

폭연 속에서 크툴루의 그림자가 일렁였다.

어떻게 될 거란 생각은 안 했지만 그래도 멀쩡한 모습을 보니 가슴이 아팠다. 약간은 주춤하길 바랐는데.

크툴루가 폭연을 가르며 앞으로 걸어 나왔다. 위풍당당한 것이 정말 아무렇지도 않은 모양이었다.

육체 능력만큼은 인정할 수밖에 없었다. 그는 분명 신격을 초월한 괴물 중의 괴물이었다.

크툴루가 입을 열었다.

-강한 존재여, 솔직히 감탄했노라.

"동감한다. 테베즈, 마신, 누기르, 아셀라우시스. 모두 위협적인 적들이었지만 넌 그들보다도 더 강하다."

-몇몇은 정말 오랜만에 듣는 이름들이군.

"알고 있나?"

-테베즈, 그 거짓된 이름을 가진 자가 네 손에 패배했단 말인가. 격동의 시기로다.

크툴루는 기분이 좋아 보였다.

김성현은 알지 못하지만 그는 아주 오래전 테베즈에게 한 번 패배한 적이 있었다.

그때의 테베즈는 진명을 봉인당하지 않은 상태로 굉장한 강자였다.

심지어 크툴루의 이름은 그의 권능인 종말의 비석에 적혀 있었으므로 이기기란 무척 어려운 일이었다.

-넘어설 수 없는 벽이라고 생각했는데 죽었단 말이지.

"넘어설 수 없는 벽이란 없다."

[라이프 올 데스:죽음의 형상화]

오른손에 맺힌 즉살의 힘이 서서히 검의 형태를 취했다. 가장 오래 써 온 무기인 만큼 손에 착 감겼다.

듀란달을 강화하는 것도 괜찮겠지만 현재 그의 상태는 그리 좋지 못했다. 상대가 상대이니만큼 잘못했다간 정말로 파괴될 수도 있다.

크툴루는 김성현이 쥐고 있는 검게 타오르는 검을 보았다. 권능의 형상화까지 할 수 있는 수준일 줄은 몰랐다.

-널 반드시 죽이고, 그 힘을 내가 취해 진정한 왕이 되겠다.

입가의 촉수가 꿈틀거리며 입이 벌어졌다.

입 안엔 검은색과 보라색을 뒤섞어 놓은 듯한 에너지 덩어리가 꿈틀거리고 있었다.

크툴루는 김성현을 향해 에너지 덩어리를 광선 형태로 쏘았다.

콰아아아앙!

일직선으로 쏘아진 광선의 속도는 광속(光速)을 초월했다!

김성현은 어느 순간 코앞에 와 있는 광선을 보고 양팔을 교차시켰다.

우득!

양팔 모두 부러지다 못해 광선이 살갗을 파고든다.

'진짜' 인간의 몸이었다면 더 이상 전투를 이어 가지 못했을 것이다.

"아, 인간의 정체성을 포기하고 싶진 않은데……."

김성현은 짧게 한숨을 내쉬었다.

지금까진 어떻게든 인간의 정체성을 지키며 승리해 왔다.

하나 이번엔 상대가 나빠도 너무 나쁘다. 자존심을 지키면서 싸우다간 절대 이길 수 없다.

개똥밭을 굴러도 이승이 좋다고, 정체성을 포기해도 사는 편이 더 낫다.

-드디어 '본체'를 꺼내려는가. 하나 과연 소용이 있을까.

아가리에서 계속 광선을 쏘아 내는 주제에 어떻게 말하는지 모르겠다.

이게 그 두성인지 뭔지 하는 그건가?

김성현은 혼자 생각하다 피식 웃었다. 이런 상황에 시답잖은 말장난이나 떠오르다니.

크툴루의 말처럼 본체화한다고 해서 급격하게 강해지진 않는다. 힘 자체는 다르지 않기 때문이다.

하지만 지금 상황에선 충분히 벗어날 수 있었다.

애초에 인간의 몸은 효율이 좋지 않다. 차로 치자면 배기량이 적은 편이다. 연료는 적게 먹지만 그만큼 유지력이 좋지 못하다.

내구성 또한 마찬가지였다.

당장 살가죽은 흐물흐물한 게 방어력은 전무하다시피 하다.

장기는 또 어떤가. 칼로 푹 찌르면 그대로 망가진다.

그나마 뼈가 둘러싸고 있어 어느 정도 방어력이 있지만 힘껏 때리면 그마저도 부러진다. 지금처럼 말이다.

크툴루는 인간형을 띠고 있지만 그의 가죽은 다이아몬드를 수십 톤 압축한 수준의 경도를 가지고 있다.

인간의 몸과 인간형 몸은 다르다.

지금부터 선보일 본체는 '인간형' 몸이다.

애초부터 종족이 인간이었기에 신격이 되면서도 인간형을 띠었다.

안타깝게도 인간형일 뿐, 인간의 외형과는 전혀 달랐다.

만약 인간의 모습과 흡사했다면 계속해서 그 모습을 유지했을 텐데.

"아쉬워."

우두득!

크툴루의 광선은 계속해서 살갗을 비집고 들어왔다.

뼈가 부러지고, 조만간 양팔 모두 관통될 기세다. 심각해 보이긴 하지만 본체화하기로 한 이상 이제는 사소한 문제에 지나지 않는다.

김성현의 전신에 황금빛 균열이 번지며 갈라지기 시작했다.

크툴루가 눈살을 찌푸리며 광선을 끊었다. 본체화를 시작한 이상 공격은 먹히지 않는다.

-그래 봐야 달라지는 건 없다.

크툴루의 거체가 김성현을 향해 움직였다. 본체화를 해도 크기와 완력 차이는 압도적이다.

거대 주먹을 한 번 더 쭉 뻗었다.

쿵!

황금빛에 둘러싸인 김성현이 뒤로 쭉 밀려나며 부서진 행성의 잔해에 처박혔다.

크툴루는 거기서 멈추지 않고 곧장 뒤쫓아 처박힌 상태의 김성현을 발로 짓밟았다.

잔해는 꽤 컸지만 그의 각력은 그조차 뭉친 설탕처럼 박살 냈다.

악력을 최대치로 끌어 올리고 말아 쥔 주먹으로 저 멀리 날아가는 김성현을 후려쳤다.

그에게 거리는 의미가 없었다.

김성현은 크툴루의 공격에 외우주를 이리저리 날아다녔

Chapter 6 • 193

다. 이 정도면 죽어도 이상하지 않을 충격이었다.

-마무리다.

두 손을 깍지 끼고 주먹을 꽉 쥐었다. 한 손으로 주먹을 쥐었을 때보다 강한 악력이 양손에서 느껴졌다. 이대로 후려쳐 터트릴 것이다.

크툴루의 신형이 검은 잔상을 그리며 날아가는 김성현의 머리 뒤에 나타났다.

아직 본체화가 진행 중이었지만 더 이상 의미가 없었다.

빡!

힘껏 쥔 두 손에 느낌이 왔다. 방금 공격으로 놈은 즉사했다. 장담할 수 있었다.

크툴루가 희미하게 미소 지었다.

드디어 중심부에 도전할 수 있는 자격이 생겼다. 심해에서 억지로 깨어나게 되어 힘이 온전히 돌아온 상태가 아니었는데 정말 다행이었다.

-잘 쓰마.

그의 손바닥이 검게 물들며 블랙홀처럼 모든 걸 흡수하기 시작했다.

그때 익숙한 목소리가 크툴루의 귓가를 파고들었다.

"자신을 너무 과신한 거 아니야?"

크툴루의 커진 눈동자가 목소리가 들린 방향으로 움직

였다.

 황금빛 불꽃으로 타오르는 '신(神)'이 새까맣게 타오르는 검을 쥔 채 이곳을 보고 있었다.

Chapter 7

-그것이 본체인가.

"본체… 라기엔 좀 많이 다르긴 하네."

김성현은 자신의 모습을 보고 놀랐다.

원래 이렇게 번쩍이는 모습이 아니었다. 성스럽기까지 한 것이, 누가 보면 극선 성향의 신인 줄 알겠다.

검은 진흙이 늘어지는 악취를 풍기는 괴물이어야 한다.

여러 신격을 흡수하는 과정에서 변화가 있던 건지도 모르겠다.

그것도 아니라면 테베즈와의 전투에서 얻은 격 높은 깨달음이 원인일 수도 있다.

뭐가 됐든 외형이 전처럼 징그럽고 악취를 풍기는 모습이 아니라는 게 중요하다.

"이 정도면 선악 구분이 확실히 된 것 같은데?"

-의미 없는 말을 하는군.

크툴루가 주먹을 휘두르며 말했다.

사람이 말하고 있는데 다짜고짜 공격이라니, 어디다 팔아먹은 예의란 말인가?

김성현은 혀를 차며 즉살검으로 가드를 세웠다.

쾅!

묵직한 충격이 몸 전체로 전해졌지만 광체 상태라 충격은 그대로 몸 바깥으로 배출됐다.

이것이 인간의 모습과 본체의 차이다. 계속 인간의 모습을 고집했다면 방금 공격에도 크게 휘청거렸을 것이다.

"그런데 지금은 아니란 말이지!"

-본체는 다르다는 건가.

"오냐!"

라이프 올 데스의 즉살 능력을 검으로 형상화시켰다고 해서 크툴루를 단숨에 죽일 수는 없다.

이미 많이 경험하지 않았던가.

한 방에 죽일 수 없다면 최대한 피해를 입혀야 한다.

김성현은 누구보다 그 방법을 잘 알고 있었다. 라플라스의 악마가 있기에 모르고 싶어도 모를 수가 없었다.

"라이프 올 데스는 내 눈에 들어오는 모든 시야가 범위다."

-권능이 많다는 건 참으로 번거롭군.

"그건 내가 해야 하는 말 아니냐? 당하는 주제에."

즉살검이 크게 타오른다.

크툴루는 곧장 방어기제를 펼쳤지만 이미 최선의 가능성이 선택된 상황.

막거나 피하는 건 불가능하다.

그도 알고 있었지만 일방적으로 당하는 것과 뭔가를 시도해 보는 건 확실히 다르다.

적어도 자존심을 챙길 수 있지 않겠는가.

이 정도의 격 높은 싸움에선 힘보단 마음이 약해지는 쪽이 패배한다.

크툴루의 단단한 피부를 뚫고 사방에서 즉살검이 꽂혀 들었다.

즉살검은 한 자루만이 아니었다.

외우주 신격의 권능이다. 아무리 그래도 한 자루의 검에 힘을 집중시키는 건 너무 비효율적이다.

-큭.

"이 새낀 진짜 목소리에 높낮이가 없네. 아픈지, 안 아픈지 구분을 못하겠잖아?"

-이놈.

"화내는 거, 맞지?"

푸욱!

즉살검에 당해 경직된 크툴루의 심장에 직접 쥐고 있던 즉살검을 꽂았다.

심장이 찔린다고 죽진 않겠지만 약화시키기엔 차고 넘쳤다.

하나 김성현의 표정은 그리 좋지 못했다.

그는 혀를 차며 즉살검에서 손을 뗐다. 크툴루에게 꽂혀 있는 즉살검이 모두 어둠의 빛을 내뿜기 시작했다.

"헛짓하게 놔두진 않아."

[라이프 올 데스:생명력 감퇴]

놈의 거대하고 단단한 근육이 삐쩍 마르기 시작한다. 순식간에 피골이 상접하고, 한계를 모르던 완력이 거품처럼 사라져 갔다.

그때 발동되고 있는 라플라스의 악마가 그에게 꺼림칙한 가능성을 보여 주었다.

빌어먹을!

김성현의 입에서 짧은 욕지거리가 뱉어졌다.

위를 올려다보았다.

정확히 머리 위쪽에서 반짝이고 있는 별 하나가 빠른 속도로 밝아지기 시작했다.

뭔가 온다.

-한눈을 파는가.

"크흑!"

아주 잠깐 위를 올려다봤을 뿐이다. 설마 제대로 공격당한 놈이 그 틈을 파고들 줄은 몰랐다.

완력의 거품을 줄였을 텐데 위력이 전혀 줄지 않았다. 김성현의 머릿속에 일순 안 좋은 생각이 스쳐 지나갔다.

크툴루가 씨익 입꼬리를 올렸다.

-너무 늦은 깨달음이다.

머리 위의 빛은 점점 강해졌다.

-르뤼에는 영원하다.

"이런 개 같은 일이……. 그건 모형이었다고 말하고 싶은 거냐?"

처음 지구 2를 뚫고 들어온 거대한 성채.

그것은 분명 크툴루의 영역이자 행성이었다. 느껴지던 힘과 수준, 높은 밀도만 봐도 짐작할 수 있었다.

그런데 왜 저 위에 있는 별에서 그 힘이 느껴지는 것일까.

분명 파괴됐다. 흔적도 없이 깔끔하게 소멸되었다.

크툴루가 이죽거렸다.

-나는 나의 영토가 하나뿐이라고 말하지 않았다.

"뭐?"

-그리고 나의 영토 르뤼에는 내 힘의 원천. 느껴지는가. 넘쳐흐르는 이 힘이.

"자꾸 뭐라는 거야!"

이번엔 어둠의 인력과 즉살검을 동시에 형상화시켰다. 그러곤 공간 조정으로 크툴루를 고립시켰다.

흥분해선 안 된다. 머릿속을 차갑게 식힌다. 감정을 죽이고 이성으로만 판단한다.

[명경지수:흐르는 물]

흐름에 몸을 맡겼다. 라플라스의 악마가 끊임없이 가능성을 던져 주었다.

머리 위의 별은 계속 밝아졌다. 불길함이 외우주를 잠식해 갔지만 신경 쓰지 않았다.

그저 잃었던 힘을 되찾는 것뿐이다. 전력은 대등하다.

절대 질 수 없는 싸움이다. 그에게 승리하는 것을 발판으로 한 발짝 앞으로 나아가리라.

"여기서 끝나지 않는다. 내 여정은."

-만용이다.

"그 말, 그대로 되돌려 주마."

라이프 올 데스로 잃었던 힘이 모두 돌아왔다. 다시 빵빵해진 근육으로 덮인 팔이 곧게 뻗어졌다.

김성현은 양손에 쥔 인력의 검과 즉살검을 교차했다.

공간 조정으로 묶어 뒀을 텐데, 시공간을 통째로 깨부수려 한다. 괴물이지만 그보다 더 괴물 같은 녀석이다.

"하지만 나 역시도 괴물이다!"

[주인… 님!]

의식을 되찾았는지 듀란달이 힘겹게 입을 열었다.

어떤 상황인지 모르겠지만 그의 목소리를 듣자 힘이 조금 생겼다.

지켜야 할 게 많다. 절대 져선 안 되는 이유가 양어깨에 보이지 않을 정도로 쌓여 있다.

"죽어라, 크툴루!"

-나의 이름을 알았는가.

"끊임없이 들려온 이름이라서 말이야. 유명 인사를 이제 알아봐서 정말 미안하군."

-후후! 재밌도다.

"네 최후는 재밌지 않을 거다. 이미 보였거든. 네 최후가."

쌍검으로 크툴루의 주먹을 흘려보냈다. 이 무식한 힘을 상대로 똑같이 밀어붙이는 건 어불성설이다.

김성현이 해야 할 건 딱 하나였다. 기술로 밀어붙이는 것.

크툴루가 신체 능력의 극한을 이루었다면, 김성현은 다양한 권능을 이용해 순도 높은 기술을 구사한다.

힘과 기술의 대결인 셈이다. 그리고 그 대결에서 승리할 자신이 있었다.

주먹을 흘려보내자마자 권능이 형상화된 쌍검을 휘둘렀다.

공간 조정의 속박에서 곧 벗어날 것 같지만, 아직 벗어나진 못했다.

인력의 검이 크툴루의 가슴에 대각선의 혈선을 그었다.

갈라진 부위가 갑자기 꿈틀대더니 그 틈으로 빨려 들어가기 시작했다. 베는 순간 어둠 입자를 상처 안에 흘려보냈기 때문이다.

어둠의 인력은 빛조차 빨아들일 정도로 강력하다. 튼튼한 육체라도 권능으로 발생한 인력을 쉽게 털어 내진 못할 것이다.

-번거로운 짓을.

음의 높낮이는 없지만 크툴루는 분명 짜증이 났다.

김성현은 즉살검을 놈의 왼쪽 쇄골에 박아 넣었다. 단단한 피부가 두부처럼 쑥 들어갔다.

[라이프 올 데스:파워 워드 킬]

원거리에선 큰 효과를 보지 못했다. 그러나 근거리에선, 그것도 직접 맞닿은 상태에선 어떨까?

-무슨 짓을.

"네 최후는 순탄치 않을 거라고 말했잖아."

-크윽.

"그게 네놈의 고통 소리라면 너무 시시해."

즉살검이 크툴루의 몸 안에서 흩어지기 시작했다. 신체 구조가 인간과는 전혀 다르지만 일단 몸속에 때려 박은 이상 구조가 어떻건, 뭐가 다르건 상관없어진다.

이름에 어울리지 않는 기술이라고 위력이 퇴색되진 않는다. 지금부터 놈의 생을 박탈할 것이다.

그게 병신 같던 신격, '누기르 코라스'가 가지고 있던 권능이었다. 만약 방비할 수 있는 권능이 없다면 소멸을 피할 수 없을 것이다.

"아쉽게 됐어."

-그만둬라.

"애원하는 거냐?"

-넌 앞으로를 감당하지 못한다.

크툴루의 노란 눈이 덜덜 떨려 왔다. 이 정도 되는 존재도 죽음을 두려워한다.

하긴 지금까지 상대해 온 모든 적들이 녀석과 비슷한 반응을 보였다.

그 누구도 죽는 걸 원하지 않는다. 특히나 온갖 권력을 가지고, 그것을 휘두를 수 있는 힘을 가진 존재라면 더욱더.

그리고 크툴루는 그와 가장 부합한 존재였다.

"너의 욕망과 나의 욕망은 사실 크게 다르지 않아."

-…….

"넌 그냥 네가 하고 싶을 뿐인 거잖아."

-넌 알지 못한다. 그들의 무서움을, 그들이 가진 끝없는 힘을. 외우주를 지배한다는 건 그런 것이다.

"넌 발판이 될 거다. 그들을 하나하나 정복해 나가는 발판."

-ㅎㅎㅎ!

처음으로 크툴루의 웃음소리에 음정이 생겼다.

김성현은 전신이 서늘해지며 목 뒤가 섬뜩해진 걸 느꼈다.

그러나 녀석의 생이 박탈된 이상 할 수 있는 건 존재하지 않는다.

[주인님… 위험합니다.]

갑작스러운 듀란달의 경고.

김성현은 고개를 갸웃거렸다.

뜬금없이 뭐가 위험하단 말인가.

주변을 보아도 당장 자신에게 위협을 가할 만한 건 존재하지 않았다.

외우주의 중심부에서 이곳을 지켜보는 '과거' 운영진이나 '현재'의 지배자들 또한 움직일 생각은 없어 보였다.

[거역할 수 없는 무언가 다가옵니다. 저항할 수 없는 어

둠이, 끝없는 혼돈의 파도가 밀려 들어오고 있습니다.]

"너… 무슨 소리를 하는 거야? 뭘 본 거냐?"

-호호호……. 움직인 건가. 그 악신이.

"악신?"

-아무래도 네놈의 검은 의식을 잃은 그 순간 외우주를 통째로 봤나 보군.

"외우주를 통째로 봐……?"

-간혹 그런 경우가 존재하지.

아주 일부의 존재는 큰 위협으로 의식을 잃었을 때 누군가에 의해 외우주를 통째로 볼 수 있다고 한다.

그런 자들은 대개 무리에서 가장 약하거나 외우주에서 조만간 말소되는 약체 존재들이었다.

듀란달의 상황이 딱 그러했다.

김성현은 전신에 소름이 돋았다.

"하지만 왜 난 못 느끼지?"

-너만이 아니다. 나도, 다른 어떤 존재도 느끼지 못한다.

"그런 것치고 넌 아는 듯한 얼굴이군."

-호호호! 이왕 이렇게 된 거, 한번 모험을 걸어 볼까.

"무슨 소리냐?"

-잘 들어라, 내게 '승리'한 인간 출신의 신격이여.

지금 크툴루는 분명 패배를 시인했다!

엄청난 전율이 몸 전체에 일었다. 지금까지 상대해 온 적 중 가장 대등했던 적이었다.

김성현은 입술이 위로 찢어지는 걸 참을 수 없었다.

다가오고 있을 어둠의 존재를 아는데도 기쁜 것을 주체할 수 없다.

그러나 크툴루의 초 치는 듯한 말에 기뻤던 기분이 확 가셨다.

-우쭐해하지 마라. 넌 고작 날 이겼을 뿐이다. 지금 네가 상대해야 할 적은 한 차원 더 위에 있는 혼돈의 악신.

"혼돈의 악신이란 게 대체 무슨 뜻이지?"

-이미 알고 있잖은가. 흐흐!

"……."

-그녀는 온 세상에서 가장 똑똑하며 장난을 좋아한다. 그런데 그 장난은 네가 생각하는 수준을 아득히 초월할 것이다. 도망칠 수도, 벗어날 수도 없다. 왜냐하면 그녀를 비호하는 존재야말로 외우주의 진정한 주인이기 때문이다.

"네놈이 말하는 자가 설마 니알라……."

흔히 말해 외우주 3강이라고 불리며 '우둔한 아버지'에게 충성을 맹세한 책사이자, 그 '요그 소토스'조차 함부로 할 수 없는 '기어 다니는 혼돈'.

-그래, 그 괴물의 이름은 니알라토텝. 네놈을 파멸시킬

악신의 진명이다.

　　　　✳ ✳ ✳

"니알라토텝이 움직였다, 이 말이지?"

"그래. 목적은 우리가 생각하는 것과 다르지만 결과는 같아."

"아버지께선 대체 무슨 생각을 하시는지 모르겠군."

"그렇기에 거대한 세계는 흘러간다."

요그 소토스와 달로스가 거대한 화면을 보며 담소를 나누고 있다.

두 사람은 인간의 모습으로 푹신한 소파 위에 앉아 있었다.

주변엔 인간들이나 먹을 법한 음식들이 맛있게 요리된 채 '전시'되어 있다.

"넌 어떻게 생각하나?"

"글쎄, 모르겠군. 설마 크툴루마저 패배할 줄은……."

달로스는 김성현의 힘에 점점 사라져 가는 크툴루를 보았다.

오래전, 그가 가진 힘을 직접 경험한 적이 있었다.

크툴루가 혈기왕성하던 시기였다. 그는 이름 좀 날린 외우주의 신격들에게 싸움을 걸고 다녔다.

위대한 핏줄을 타고났지만 신격은 아닌 자의 열등감이 원인이었다.

우스운 건 그 열등감이, 그가 가진 힘이 정말로 신격을 넘어서는 수준이었다는 것이다.

하나둘 신격들이 크툴루에게 흡수당했다.

거대한 힘을 바탕으로 자격이 생겼다고 판단됐는지 자신에게 도전했다.

결과는 당연히 크툴루의 패배였다.

신격이라고 해서 같은 급이 아니다. 그들이 가진 권능은 제각각이고, 위력도 제각각이다.

툭 까놓고 크툴루의 전력만 놓고 보자면 그는 상위와 최상위 사이의 신격이었다.

다만 달로스는 최상위, 그중에서도 정상에 도달한 신격이었다.

그쯤에서 당연히 포기할 줄 알았다. 그러나 크툴루는 다시 힘을 길렀다. 격을 지닌 존재를 무참히 살해하고, 물불 가리지 않고 모조리 흡수했다.

그리고 그는 다시 도전해 왔다.

대상은 자신이 아니었다. 크툴루가 가리킨 대상은 외우주의 왕이라 불리는 시공간의 주인, '요그 소토스'였다.

요그 소토스는 크툴루의 조부였다. 신격이나 그에 준하

는 존재에게 있어 핏줄은 의미가 없다. 그래도 다른 신격을 선택할 줄 알았는데 의외였다.

"그때의 크툴루는 정말 소름 끼치도록 강했지."

"호호! 위대한 존재의 피가 조금이라도 섞여 있으니 당연한 일이다."

"결국 너에게 처참하게 패배하고 르뤼에와 함께 심해 속에 처박히긴 했지만, 그때 모든 존재들이 소름 돋았을 거다. 그리고……."

"그리고?"

"지금의 크툴루도 그때와 크게 다르지 않다. 놈은 전혀 약해지지 않았어. 그렇다고 강해진 건 아니지만 충분히 위협적이다. 만약 김성현을 흡수했다면 어떻게 됐을지 몰라."

크툴루에겐 한계가 없다. 심해에 처박히지 않았더라면 그 세월을 견뎌 자신들과 동급 선상에 놓였을 수도 있다.

김성현을 흡수해도 마찬가지였다. 오히려 그건 더 심각했다. 그를 흡수하면 잃어버린 시간을 뛰어넘는 것도 모자라 온연한 신격이 됐을 것이다.

그러나 정반대의 결과가 나왔다. 김성현이 크툴루에게 승리를 거두고 이제 곧 그를 흡수한다.

두 세대를 건너뛰어 아쉽게 신격을 얻지 못한 괴물이 새롭게 탄생한 신격의 일부가 된다.

"그건 잘못된 생각이다."

"무엇이?"

요그 소토스는 화면을 노려보며 재미있다는 듯 말했다.

"크툴루는 분명 무궁무진한 가능성을 가진 존재다. 하지만 김성현 역시 마찬가지다. 오히려 그의 성장은 크툴루조차 압도한다. 그런데 넌 계속 크툴루의 입장에서 바라보고 있지 않은가."

"아……. 내가 실수를 저질렀군."

외부자라는 인식이 강해서 그럴까? 저도 모르게 크툴루에게 이입하고 말았다.

그가 아무리 강해도, 끝없는 성장 가능성이 있더라도 지금은 패배자일 뿐이다. 오히려 그를 패배시킨 자는 그보다 더한 잠재성을 갖고 있었다.

요그 소토스의 일침에 정신이 번쩍 들었다.

요그 소토스가 계속 말을 이어 갔다.

"크툴루가 신격이 아니라는 것에 감사해야겠군. 권능이 늘지 않았어."

"핏줄이 죽었는데도 신경 쓰지 않는 모양이군."

"의미 없다는 걸 누구보다 잘 아는 네가 왜 그런 말을 하는지 이해가 안 가는군. 혹시 놀리는 건가? 그건 너와 어울리지 않는데."

"후후! 오래 살아오니 변화를 좀 줘야 하지 않겠는가."

달로스의 인간 모습이 찰흙처럼 흐물거리기 시작했다. 살색 피부가 은빛으로 물들며 강철처럼 단단해져 간다.

양팔을 바닥에 대며 형체를 변형시켰다. 덩치가 불어나며 피부는 쇳덩이로 무장한 듯 매끈함을 자랑했다. 주둥이가 길어지며 짙은 한기가 휘몰아쳤다.

칭! 칭!

쇳덩이 같은 피부가 조각조각 나뉘며 몸 안에서 기이한 무지갯빛 기운이 흘러나왔다.

그의 육체가 차원을 초월한 듯 존재함에도 존재하지 않는 것처럼 느껴졌다.

"베일을 가르는 자여, 기어 다니는 혼돈이 움직였다. 곧 어떤 방식으로든 상황은 종결된다. 그런데도 움직일 생각인가?"

[아까 전에 내 생각을 물었었지?]

"대답한 게 아니었나?"

[아까 전엔 크툴루에 대한 내 생각이었다. 지금은 김성현에 대한 내 생각이다.]

"흥미롭군."

[부왕(副王)이여, 크툴루는 신격은 아니지만 그 힘은 부정할 수 없는 존재. 그걸 김성현은 통째로 집어삼키는 중

이다. 그리고 금방 소화를 끝내겠지. 권능이 존재하지 않으니까.]

"무슨 말을 하고 싶은 거냐."

[니알라토텝은 완벽하지 않다. 당하지 않았던가. 일부뿐이긴 하지만.]

"김성현에게 극히 일부를 흡수당한 걸 말하는 건가? 권능조차 다루지 못하는 미미한 양이다. 본체인 니알라토텝은, 너에겐 미안하지만 나와 슈브 니구라스 정도만이 감당할 수 있다."

[그렇겠지. 그렇기 때문에 더욱더 기어 다니는 혼돈 혼자 움직이게 해서는 안 돼.]

달로스는 단호하게 말했다. 요그 소토스의 눈엔 고집부리는 것으로밖에 보이지 않았지만, 그의 성격을 알고 있기에 쉽사리 부정할 수도 없었다.

"어리석은 생각이다. 그가 모순 세계에 들어왔다고 해도 크툴루에게 발목을 잡힐 뻔했다."

실제로 듀란달의 호통이 없었더라면 진즉에 패배했을 것이다. 그건 달로스도 부정하지 못했다.

하지만 과정이 어찌 됐건 결과가 나오지 않았는가.

거기다 김성현은 그 과정을 허투루 쓰지 않았다. 크툴루와의 접전에서 얻은 깨달음은 적지 않으리라.

[우둔한 아버지께선 우리를 비호해 주시지 않는다.]

"아버지를 거들먹거릴 정도의 상대가 아니다, 달로스."

[그곳에 도착하면 니알라토텝은 아버지가 원하시는 게 뭔지 알게 될 거다. 그리고 싸움이 벌어지겠지. 외우주가 크게 흔들릴 거고, 승패는 알 수 없으리라.]

"달로스!"

참지 못한 요그 소토스가 소리쳤다.

니알라토텝을 무시하는 건 자신을 무시하는 것과 비슷한 처사였다.

왜냐하면 자신과 같은 3강의 존재였기 때문이다. 그녀가 진다는 건 자신이 진다는 것과 다를 바 없는 얘기다.

달로스가 싸늘한 시선을 보냈다. 아무 말도 하고 있지 않지만 많은 뜻을 내포한 시선이었다. 그래서 더 마음에 들지 않았다.

"달로스여, 겁에 질린 것인가?"

[후후! 공포라……. 그렇군. 우린 아주 많은 걸 쥐고 있지. 그리고 그 모든 걸 잃은 자의 최후 역시 알고 있지.]

"우보 얘기를 하고 싶은 것이냐. 그 녀석은 어리석었다. 그렇기에 패배했을 뿐이야."

[그리고 그 우보를 김성현이 죽였지. 우리의 방해로 흡수하진 못했지만. 참 다행이다. 그렇지?]

우보, 테베즈가 가진 종말의 비석은 그들에게 있어서 꽤나 큰 위협이었다.

위험을 감수하면 충분히 처리할 수 있지만, 그 감수라는 게 쉽지가 않다.

요그 소토스는 반박하지 못하고 의자 팔걸이를 악력으로 깨부쉈다.

달로스가 고개를 돌리며 말했다.

[우린 김성현이 모순 세계에 들어갔을 때만 해도 분명 얕봤다. 얕봐도 이상하지 않았기 때문이다. 하지만 지금은? 그는 정말로 자격이 없는가?]

"우리와 '동급'이라고 말하고 싶은 건가?"

[못할 건 없을 것 같군. 지금이라도 회유하는 건 어떻겠는가?]

"날 화나게 할 셈이냐!"

그들이 있는 공간이 깨지며 시공간이 뒤틀리기 시작했다.

달로스는 상성상 요그 소토스의 힘에 저항할 수 없다. 그의 위대한 권능에 포괄되는 능력이기 때문이었다.

그가 한숨을 쉬며 말했다. 흥분한 왕에게 간언하는 신하처럼.

[현실을 인지하라. 당장 우리를 위협할 수 있는 적이 누구인지. 눈을 돌리지 말라. 이미 머리로는 알고 있지 않은가, 요그 소토스.]

"그만 꺼져라. 더 이상 보고 싶지 않군."

[그럼.]

달로스의 신형이 흙빛으로 물들며 허공으로 흩어졌다.

홀로 남은 요그 소토스는 요동치는 시공간 안에서 이를 바득 갈았다.

말도 안 되는 소리다. 크툴루 하나 흡수한다고 상황이 역전되진 않는다.

김성현은 전혀 위협되는 존재가 아니다. 지금도 그에게 어느 정도 실망한 상태였다. 크툴루를 쓰러트린 건 대단하나 힘겹지 않았던가.

그의 힘에 크툴루 하나 더해진다고 대단해지거나 하지 않는다. 달로스가 너무 걱정이 많은 것뿐이다.

"마음에 들지 않는군."

말을 하는 도중 본체로 모습을 바꿨다.

그는 자신의 행성을 벗어나 외우주의 중심, 혼돈의 옥좌로 향했다.

알아듣지 못하더라도 우둔한 아버지, 아자토스의 의견을 듣고 싶었다.

그때까진 알지 못했다. 그의 가슴 한편에 머물고 있는 불안감이 끊임없이 커지고 있다는 사실을.

✯ ✯ ✯

 김성현은 크툴루를 완전히 흡수하는 데 성공했다.
 그만한 힘을 가졌는데도 신격이 아니라는 이유로 흡수는 아주 쉬웠다.
 여타 신격들은 선천적으로 타고난 포악함이나 악질적인 어둠으로 흡수하는 데 상당한 시간을 소모한 것과 대비되었다.
"후우, 엄청난 힘이다."
 크툴루가 가지고 있던 괴력이 근육 속에서 꿈틀거렸다. 이만한 힘이라면 누구에게도 밀리지 않을 것 같았다.
 거기다 전리품은 그의 힘과 능력만이 아니었다.
 머리 위에 강렬하게 빛나는 별, 르뤼에.
 그 외에도 외우주 곳곳에서 대기하고 있는 르뤼에들이 자신의 소유가 되었다.
 크툴루 녀석, 정말 많은 영토를 가지고 있었다. 그것도 하나같이 부피는 작지만 질량은 대단히 무거웠다.
 일단 이것들을 합쳐 지구 2를 복구할 생각이었다.
 아쉽게도 외우주의 시간을 돌릴 수 있는 권능은 존재하지 않는다.
"하지만 잔재는 남아 있지. 듀란달, 좀만 참아라. 곧 쉬게

해 줄게."

[부탁드립니다…….]

의식은 되찾았지만 듀란달은 계속해서 약해져 갔다. 활력을 불어넣어도 잠깐뿐, 금세 원래대로 돌아왔다.

크툴루가 특별한 힘을 사용한 것도 아니었다. 혹시 그 과정에서 누군가 저주라도 건 것일까?

'내 눈을 피해 그런 짓을 할 놈은 없어.'

[그보다… 어서 일 처리를 끝내고 벗어나야 합니다. 너무나 큰 어둠입니다.]

"알고 있어. 더 이상 얘기하지 마."

니알라토텝이 이곳으로 오고 있다.

하지만 속도는 느렸다.

장담할 수는 없지만 그녀의 목적은 왠지 자신이 아닐 것 같단 생각이 들었다.

지금의 여유도 그 예상에서 나오는 것이었다.

'그래도 지체하는 건 오버겠지.'

생각을 마치고 르뤼에를 한곳에 모으는 데 집중했다.

[공간 조정:밀집]

이젠 수족처럼 자연스럽게 모든 권능을 다룰 수 있게 되었다. 단숨에 사방에 퍼져 있는 르뤼에들을 소환하듯 코앞으로 이동시켰다.

죄다 빼다 박은 듯한 모양이었다. 이 정도면 공장에서 찍어낸 게 아닌가 싶었다.

어이가 없었지만 그게 중요한 게 아니다.

모든 르뤼에를 하나로 만드는 데 집중했다.

어차피 같은 성질을 띠고 있다. 합칠 수 있는 힘만 있다면 알맞은 위치의 퍼즐 조각처럼 딱 맞아떨어질 것이다.

위잉!

강렬한 빛과 함께 모든 르뤼에가 흩어진 잔상이 하나가 되듯 중심으로 모여들기 시작했다.

김성현은 안광을 뿜어내며 그대로 형태를 뒤틀었다.

모양은 아까 전에 파괴됐던 지구 Ver.2였다!

"흐랍!"

빛이 사라지고 엄청난 크기의 지구 2가 만들어졌다. 기존의 것과는 차원이 다른 크기였다.

김성현은 당장 그곳으로 가 듀란달을 내려놓고 결계를 펼쳤다. 결계에서 흘러나오는 생명의 힘이 그를 안정시키고, 회복시킬 것이다.

그다음 아공간을 열어 아린을 꺼냈다.

"…무슨 일이었어요? 방금 전에 분명……."

아무래도 아공간에서 시간이 흐르지 않은 모양이었다. 입으로 설명하는 대신 생각을 전달해 주었다.

그녀가 놀란 눈으로 주변을 둘러보았다. 급하게 질문하려는 듯해 입술 위에 검지를 올렸다.

"질문은 나중에."

일단 이곳을 벗어나는 게 먼저다.

행성 지면에 손바닥을 올렸다. 오랜만에 써 보는 기술이다.

"공간 이동."

권능에 비하면 차이가 많이 나겠지만, 지금의 공간 이동이라면 먼 거리를 이동하는 게 가능하다.

그때 지구 2 안으로 누군가 들어왔다. 니알라토텝인가 싶었지만 힘의 크기가 크지 않았다.

아린 주변에 보호막을 치고 침입자가 있는 곳으로 단숨에 날아갔다.

그곳엔 익숙한 인물, 아니 괴물이 앉아 있었다.

"넌?"

"오랜만이다. 기어코 일을 저질렀군."

갑각류와 같은 집게발, 원통형 몸통, 달팽이와 같은 길쭉한 눈.

일전에 침공했다 실패한 위대한 종족, 이스인이었다.

Chapter 8

레벨이 대수냐

"네가 여긴 무슨 일이지? 혹시 잡아먹어 달라고 온 거야?"
"그럴 리가. 지금의 네 상황을 고려했을 때 적합한 시기다 싶어서 왔다."
"적합?"

김성현은 이스인이 하는 말을 알아들을 수 없었다. 뜬금없이 뭐가 적합하단 말인가.

자세한 설명을 요구했다.

"무슨 소린지 똑바로 설명해라. 안 그러면 네 목이 달아날 거야."
"후후! 두렵군. 크툴루를 흡수하더니 전보다 훨씬 강력해졌어. 이젠 무창의 탑으로도 어찌하지 못하겠군."

"잘 알고 있네. 전과는 완전히 다를 거다."

"겁나서 무슨 말을 못하겠군."

"친한 척하지 말고 그만 말해. 누가 보면 '하하!' '호호!' 하는 사이인 줄 알겠군."

사실 이런 대화를 이어 갈 필요도 없었다.

이스인이 무슨 말을 하려는 것인지는 모르지만 그냥 안 듣고 엎어도 상관없었다.

그런 힘을 가지고 있고, 자신감도 있었다.

만약 말실수를 조금이라도 한다면 놈의 종족은 힘겹게 이룩한 초미래 문명과 함께 사라질 것이다.

"일단 내 소개부터 하지. 난 이스의 위대한 종족, 팔커트라고 한다."

독특한 이름이었다. 그리고 이름에서 힘이 느껴졌다. 아마도 어떤 뜻을 품은 이름이 분명했다.

그들은 말 그대로 위대한 종족이다. 인간이나 이종족과 같은 보통의 종족들과는 확실히 다르다.

무창의 탑만 봐도 이 종족의 잠재력을 끝까지 확인할 수 없었다. 말도 안 되는 '궁극 병기'이기 때문이다.

김성현은 고개를 저어 생각을 털어 냈다.

"이름은 별로 안 궁금하다만."

"그건 조금 가슴 아프군. 우리 위대한 종족 이스는 이름을 아주 중요시 여긴다네."

"그건 알 바 아니고. 말장난은 여기까지 하도록 해. 더 이상 날 자극하지 말라고."

"후후! 살기 흘리지 말게. 그대로 몸이 터져 버릴 것 같군."

팔커트가 여유로운 목소리로 말했다.

하지만 그가 여유롭지 않다는 걸 누구보다 잘 알고 있었다. 위대한 종족 전체가 모였다면 모를까, 개인으론 자신의 압박감을 쉽게 견딜 수 없다. 이만큼 견디는 것도 솔직히 감탄스러웠다.

짜부가 되어 터져도 이상하지 않을 압박감이었다. 그들이 자부하는 위대한 과학력으로 몸속에 어떤 조작을 해 버티는 게 아닐까 싶었다.

김성현은 입을 열지 않고 팔커트를 노려봤다. 그가 어색하게 웃으며 말했다.

"흐흐! 너와 계약을 맺고 싶다."

"뜬금없이 무슨 계약?"

"처음 네가 이스를 침공했을 때 그 힘에 솔직히 아주 놀랐었다. 우리가 가장 위험하게 생각하는 괴물, 크툴루를 연상시킬 정도였으니까."

"다른 외우주의 신격들이 아니고 크툴루를?"

크툴루가 말도 안 되는 괴물인 건 맞지만 가장 위험하다고 하면 그건 또 아니었다.

자신의 말뜻을 알아들은 팔커트가 이유를 설명했다.

"힘으로만 따진다면 중심부를 차지한 '왕족'들을 넘어설 수 없겠지. 하지만 너도 직접 겪어 보지 않았나. 놈의 목소리엔 음정이 없다. 그래서 느긋하단 인상을 주지."

확실히 그렇다.

크툴루와 전투를 벌이며 단 한 번도 그가 급하거나 욱하는 성격이라고 생각하지 않았다.

바로 그 목소리 때문에.

불쾌하지만 한편으론 편안한 안정감을 주었다.

"그게 바로 놈의 포악함이다. 실제로 전투를 할 때 그 목소리처럼 느긋했나? 선함이 느껴졌나? 아니, 오히려 굉장히 악랄하고, 패도적이었다."

"…그것 때문에 크툴루가 가장 위험하다?"

"다시 말하지만 우리가 생각했을 때를 말하는 거다. 다른 자들의 생각까진 우리가 알 바 아니지 않은가."

"음……."

"그런데 넌 그를 쓰러트리고, 흡수까지 했다. 엄청난 업적을 이룩하고 힘까지 손에 넣은 거지. 그래서 관심이 생겼다."

"이거 어이없는 놈들이군. 그렇다면 굽히고 와도 모자랄

판에 뭐가 이렇게 당당한 거야?"

"아쉬울 게 없기 때문이다. 계약을 한다면 윈윈, 안 한다면 다시 없던 게 될 뿐이다."

김성현은 순간 화가 치밀어 오르는 걸 참았다.

놈의 두 눈을 뽑아 줄넘기를 할 뻔했다. 건방진 것도 정도가 있는 법이다.

"건방 떨지 마라. 마음만 먹는다면 너희 종족 따위 지워버리는 건 일도 아니다."

"아니, 불가능하다."

"이것들이······!"

"우린 시공간 그 자체라는 요그 소토스가 아닌 이상 붙잡을 수 없다. 왜냐하면 외우주에서 그 다음으로 시공간에 관해선 우리 종족이 최고이기 때문이다."

이들의 말은 허언이 아니었다. 이미 경험한 적 있지 않았던가.

이스는 크툴루를 느끼자마자 시공간을 탈출했다. 난생 처음 보는 방법이었고, 흔적조차 쫓을 수 없었다. 지금이라고 해서 크게 다르지 않을 것 같았다.

"내가 요그 소토스마저 쓰러트린다면 얘기가 다를 텐데?"

목소리를 내리깔고 최대한 위엄 있게 말했다.

팔커트가 단호한 목소리로 부정했다.

"불가능."

"…뭐?"

"불가능하다. 지금 네 실력으론. 너도 이미 느꼈겠지. 이곳으로 다가오고 있는 기어 다니는 혼돈을. 다른 목적이 있는 것 같지만, 널 보면 그녀는 반드시 죽이려 할 거다."

"안 되겠다."

김성현이 빠르게 기운을 일으켰다. 이 녀석은 건방지게 선을 넘었다.

그들과 동맹을 맺으면 큰 도움이 될지 모른다.

하나 안 맺는다고 손해를 보는 건 아니었다. 더불어 그들과 척을 진다 해도 마찬가지였다.

손끝에 얇은 실 한 가닥이 예리한 빛을 뿜내며 떨어졌다. 팔커트가 달팽이 같은 눈동자를 떨며 다급하게 외쳤다.

"자, 잠깐……!"

그러나 이미 늦었다. 실 가닥은 인지를 넘어서는 속도로 팔커트를 갈랐다. 한 번에 수십 토막으로 썰린 그의 육편이 꼿꼿한 잡초 위로 쏟아졌다.

김성현은 손을 털어 실을 없앴다. 너무 성급했나 싶었지만 후회되진 않았다.

그대로 몸을 돌려 아린과 듀란달이 있는 곳으로 향했다.

그리고 도착한 그곳엔 짜증 나는 얼굴이 아린과 대화를

나누고 있었다.

"이제 왔나?"

"서, 성현 님……."

방금 전 토막 낸 이스인, 팔커트가 집게발을 흔들며 인사했다.

※ ※ ※

"깜짝 놀랐잖나."

"이 새끼……. 무슨 방법을 쓴 거지?"

감촉은 분명 있었다. 분신 같은 게 없는 것도 보자마자 당연히 확인했다.

아무리 뛰어난 과학 문명의 기술이라도 자신의 눈을 속이는 건 불가능하다.

대체 어떤 방법을 쓴 것일까?

"과학에 한계가 있다고 생각하나?"

"너희의 과학력이 내 힘을 능가했다고 말하고 싶은 거냐?"

"설마. 수천 년 후라면 모를까, 지금 당장은 무리겠지."

김성현의 눈매가 가늘어졌다. 수천 년만 발전하면 자신을 능가할 수 있다고 말하고 있다. 오만하다 생각했지만, 한편으론 어느 정도 납득이 됐다.

지금 수준에 머문다면 그들의 과학력이 닿을 수도 있다.
무창의 탑만 보더라도 어중간한 신격들을 지울 수 있는 힘이 있지 않은가.
하지만 그때 가면 얘긴 또 달라진다.
"그럴 리도 없겠지만, 그렇다고 해도 그 말이 이루어지기까지 무척 힘들걸?"
"무슨 뜻으로 하는 말이지."
"너희 종족이 과연 수천 년을 버틸 수 있을 것 같나."
"아까 말하지 않았던가. 너에게서 도망치는 건 불가능한 게 아니라니까."
"그러는 동안 너희는 그만큼 발전할 수 있고?"
김성현의 반박에 팔커트는 꿀 먹은 벙어리가 되었다.
자신이 진심으로 이스 종족을 노린다면 그들은 다른 걸 다 포기하고 도망치는 데만 집중해야 한다.
문명의 발전, 과학의 성장 같은 건 꿈도 꿀 수 없다. 수천 년을 버틸 수 있을지는 몰라도 결국 제자리걸음이게 된다.
"그 협박은 꽤 효과적이었다."
"시간이 넘쳐흐르는 내게 함부로 덤비지 마라, 필멸자."
"후후! 정말 무섭군."
"당장에 네놈을 찢어 죽이고 싶지만……."
김성현은 멀찍한 곳에서 이곳을 보고 있는 아린을 보았다.

그녀의 눈에 끔찍한 광경을 보여 주고 싶지 않았다.

그렇다고 어딘가로 데려간다면 그 틈에 아까 같은 짓을 반복할 수도 있다.

아니, 어쩌면 이미 눈앞의 팔커트는 가짜일 수도 있다.

"그렇게 노려보지 말라고. 그렇게 노려본다고 이곳에 있는 내가 진짜가 되는 건 아니니까."

"역시."

녹록지 않은 상대다.

당장 죽일 수 없다면 축객령밖에 없다.

가뜩이나 지구 2를 통째로 이동시켜야 한다. 니알라토텝의 기운은 아직까지 느껴지지 않았지만 조만간일 것이다.

도망친다 생각하니 기분이 확 상했다. 뭐가 아쉬워서 도망쳐야 한단 말인가.

이미 한 번 상대했던 적이다. 그때와 지금은 분명 다르겠지만 그건 자신도 마찬가지였다.

크툴루를 비롯해 외우주 외곽에 머무는 존재들을 상당수 흡수했다. 힘이라면 전과 비교할 수 없다.

그런 자신의 생각을 눈치챘는지 팔커트가 씩 웃었다. 명백한 비웃음이었다.

"왜 쪼개?"

"너의 머릿속이 훤히 들여다보인다."

"같잖은 게……. 네가 내 생각을 읽을 수 있다고 말하고 싶은 거냐?"

"쯧쯧! 너희 신격들은 항상 그렇게 말하더군. 그럴 때면 너무 멍청해서 치가 떨린다."

"이 자식이!"

화를 참지 못하고 팔커트를 찢어 버렸다.

멀리서 아린이 놀란 모습을 보였지만 이렇게 하지 않고는 못 참을 것 같았다.

그리고 이렇게 해 봐야 놈은 진짜로 죽지 않는다.

"거칠군. 그것 또한 신격들이 매번 보이는 모습이지."

"하고 싶은 말이 뭐야?"

"듣기론 권능 중에 마음을 차분히 하는 게 있다는데, 그거나 쓰지 그러나?"

팔커트는 명경지수를 알고 있었다.

이스족을 상대할 땐 사용하지 않았는데, 이미 소문이 돌았단 말인가?

"어떻게 아냐는 표정이군."

"너희와 싸울 땐 명경지수를 사용한 적이 없는데?"

"우리의 정보망을 무시하지 마라. 외우주 전체의 소식은 우리에게 실시간으로 들어오고 있다. 지금 이 순간도."

그는 동그란 눈을 반쯤 감으며 어딘가를 보았다. 그곳은 외우주의 중심부 방향이었다.

"우린 너희 신격이나 그에 준하는 존재들처럼 다른 자들의 기운을 느끼는 건 한 끗발 떨어진다. 하나 그것을 압도적인 과학력으로 메웠다. 모든 곳에 눈을 만든 거지. 그렇게 눈을 발전시키고, 발전시키고, 계속 발전시키니 어느 순간부턴 우리의 감지 능력 계열이 너희들을 압도하더군. 지금처럼 말이다."

"뭔가를 봤군."

"그래. 넌 보지 못하고 있는 걸 우린 계속 보고 있다. 그리고 더 이상 시간을 지체할 수 없다는 걸 알게 됐지."

마지막 말을 뱉은 팔커트의 목소리가 어두워졌다.

"시간이 없다, 김성현."

"……."

"동맹을 맺겠나? 맺는다면 지금 상황을 타파할 수 있게 해주지."

"그 점이 마음에 안 든다는 거다. 내가 니알라토텝에게 무조건 패배한다는 그 확신이! 마음에 들지 않아."

"자존심은 때때로 독약이 되지. 애초에 여기서 벗어날 생각이었잖나. 그녀를 피해서. 아닌가?"

"첫! 너희와 동맹을 맺으면 뭘 해 줄 수 있지?"

"호호! 일단 지금 위험에서 벗어나게 해 줄 수 있다."

"그건 나도 할 수 있……."

"아니. 단순히 공간 이동을 한다고 해서 그녀에게서 도망칠 순 없어. 알고 있지 않나? 기어 다니는 혼돈이다. 외우주는 혼돈이 뭉쳐져 만들어진 곳. 어느 곳이든 그녀에겐 일보지척밖에 되지 않아."

외우주에서 중심부를 차지한 신격들은 절대적이다.

니알라토텝은 그중에서도 3강이라 불리는 절대자. 팔커트의 말처럼 공간 이동도 시간벌이에 불과할 것이다.

"너흰 단순히 공간 이동 같은 게 아니라고 하고 싶은 거냐?"

"동맹을 맺을 건가?"

팔커트가 말을 뚝 자르며 물었다. 시건방졌지만 그만큼 일분일초를 다투는 상황이라는 것이다.

김성현은 하는 수 없이 고개를 끄덕였다.

"좋다. 백문이 불여일견. 직접 보고 경험하라."

팔커트의 몸에서 촉수 몇 가닥이 튀어나와 바닥에 꽂혔다.

그리고 지구 2 전체가 흔들리며 하늘이 무지갯빛으로 물들었다.

김성현은 두 눈을 크게 떴다.

이 기운, 몹시 익숙했다.

"설마 너희 종족… 그자가 뒤를 봐주는 건가?"

"…알고 있군. 그렇다면 설명해 주지 않아도 되겠어."

무지갯빛이 세계를 덮쳐 온다.

김성현은 멀리 있는 아린을 끌어당겨 품에 안았다. 듀란달은 보호막 안에서 쉬고 있으니 바깥의 충격을 느끼지 못할 것이다.

눈앞이 모조리 무지개 색으로 물들어 간다. 귓가에 익숙하지만, 그만큼 듣기 싫은 목소리가 들렸다.

{오랜만이군. 너희 활약상, 잘 지켜봤다.}

눈앞을 가린 '역겨운' 무지갯빛이 모두 사라지자 짙은 어둠의 중심에 구체 하나가 떠 있었다.

구체는 찬란한 만큼 악질적인 무지갯빛을 띠고 있었다.

※ ※ ※

김성현은 헛웃음이 나왔다.

무지갯빛 구체는 오래전부터 자신을 안배로 키워 온 일종의 '흑막' 같은 존재였다. 자신이 신격이 되고, 그의 힘을 거부하자 어딘가로 모습을 감췄다.

언젠가 다시 만날 거라 생각은 했는데, 이렇게 다시 보게 될 줄이야.

"너, 이스인이었나?"

{설마. 단순한 스폰서일 뿐이다.}

"스폰서라……."

확실히 이자라면 이스인에게 투자할 정도는 된다. 정확한 정체는 모르지만 신격 못지않은 힘을 가지고 있다. 어쩌면 외우주의 신격 중 한 명일 수도 있었다.

외우주엔 수많은 신격이 존재하니 그중 하나라고 해서 전혀 이상하지 않다.

중요한 건 이스인이 동맹을 제안한 이유를 알았다는 거다.

"네가 뒤에서 부추겼구나?"

"서, 성현 님, 여긴……?"

품에 안겨 있던 아린이 정신을 차렸는지 주변을 둘러보았다. 그녀는 막 잠에서 깬 어린아이처럼 눈을 껌뻑였다.

김성현은 한숨을 쉬며 그녀의 머리를 쓰다듬었다.

약간의 수면 에너지가 머릿속으로 스며들자 금방 다시 잠에 빠졌다.

이곳은 인간의 정신력으론 버티기 힘든 초월적 세계다. 1분 이상 의식을 차리고 있으면 정신이 붕괴할 것이다.

아린을 옆에 내려놓고 강력한 보호막을 펼쳤다.

{대화 준비가 됐군.}

"닥쳐. 기분이 매우 안 좋으니까."

사실 김성현의 힘이라면 아린을 굳이 재울 필요가 없었다. 지금 같은 보호막으로 정신 붕괴를 막아 내는 건 어렵지 않았다. 다만 무지갯빛 구체가 그걸 원하지 않았다.

대화가 오가지 않아도 그 정도 알아듣는 건 어렵지 않다. 그래서 더 마음에 들지 않았지만, 이곳은 그의 영역.

함부로 날뛰었다간 아린이나 근처에 있을 듀란달이 피해를 입는다.

구체가 바닥에 내려오더니 인간 형태로 바뀌었다. 무지갯빛이 일렁이는 인간 형태로 보는 눈이 아파 왔다.

"야, 그 무지갯빛 좀 어떻게 해라."

"보기 불편한가?"

"구체일 때도 눈 아팠는데, 커지니까 더 아프네."

눈살을 찌푸리며 말하자 그가 어깨를 으쓱이며 손바닥으로 몸 전체를 쓸었다.

빛이 사라지며 단순한 흰색 마네킹 같은 모습이 되었다. 괜히 섬뜩했지만 이 편이 더 나았다.

"좀 낫네."

"다행이군."

"그래, 이런 짓까지 할 정도면 나한테 하고 싶은 말이 있는 거겠지?"

"일단 내 소개를 하지. 동맹에 있어 서로 간에 이름은 알아야 하니까."

"기본적인 예의는 있군."

김성현은 내색하지 않았지만 속으로 가슴을 쓸어내렸다. 정말 다행이었다.

격 높은 존재들 간에 이름을 알고, 모르고의 차이는 크다. '진명'이 발휘하는 힘이란 게 있기 때문이다.

무엇보다 한쪽의 이름을 모르면 일방적인 계약 관계가 성립된다.

사실 저자는 이름을 말하지 않아도 되었다. 자신이 이미 동맹을 맺겠다고 고개를 끄덕였기 때문이다.

"난 '아르테'라고 한다."

"아르테?"

"처음 들어 보는 이름이겠지. 난 딱히 외부로 나선 적이 없으니까 말이야."

"아니, 뭐, 꼭 너만 모르는 게 아니라 난 그놈들 빼곤 다 몰라서……."

아르테가 피식 웃었다.

생각해 보면 김성현은 신격이 된 지 얼마 되지도 않았고, 외우주에 진입한 지 한 달 조금 넘은 상태였다.

"이거 내가 실례했군."

"실례까진 아니고. 그래서 나한테 뭘 원하냐? 이스인들은 네놈이 움직인 거 맞지?"

"반은 맞고, 반은 틀리다."

"저들도 날 원했다는 거냐?"

"정정할 건 하고 넘어가지. 난 그들의 스폰서지만 강압적으로 휘두르진 않는다. 저들의 의견에 귀를 기울이고, 원하지 않는다면 나 역시 고집부리지 않아."

"그러니까 동맹 제안을 먼저 생각해 낸 건 너라는 거네?"

김성현이 짐짓 예리하게 묻자 아르테가 어깨를 으쓱였다.

"정황상 그렇게 추궁하지 않아도 딱히 속일 생각은 없네."

"음······."

괜히 탐정 흉내 한번 내 봤다 무안해졌다.

"그, 그렇다면 뭐······."

"일단 상황이 상황이니만큼 더 이상 말을 질질 끄는 건 그만두자고. 간단하게 말해서 내 목적과 네 목적은 대동소이하다."

아르테는 오래전부터 자신을 몰래 지켜본 자다. 신격이 되는 그 순간까지 계속 봐 왔으니 무엇을 원하는지 누구보다 잘 알고 있을 것이다.

"너도 중심부를 노린다는 거냐?"

"아니지, 아니지. 네 목적은 단순히 중심부 자리를 노리는 게 아니지 않나?"

"미안하지만 그게 내 최종 목표다."

"날 속이진 못한다, 김성현. 너의 목적은 단순히 정상에서는 게 아니야."

아르테의 생기 없는 두 눈에서 무지갯빛이 미약하게나마 흘러나왔다. 온몸이 발가벗겨진 것처럼 그는 김성현의 몸을 샅샅이 훑어봤다.

상당히 짜증 나는 시선이었다. 건방지게 누가 누구를 관찰한단 말인가.

김성현이 인상을 구기며 힘을 일으키자 몸을 훑던 시선이 거짓말처럼 사라졌다.

아르테가 몸을 들썩이며 뒤로 한 걸음 물러났다.

"건방지게 뭐 하는 짓거리야?"

"너……!"

"동맹이 아니었다면 넌 지금 죽었다."

아르테는 쉽게 대답하지 못했다. 김성현의 힘이 생각보다 훨씬 강력했기 때문이다.

설마 '관찰자의 눈'을 막아 낼 줄은 몰랐다.

관찰자의 눈은 그가 가진 권능 중 하나였다.

격이 낮긴 하나 권능인 만큼 아무리 강대한 존재라도 눈의 시선을 피하지 못했다.

그런데 김성현은 강한 힘을 앞세워 피하다 못해 파괴해 버렸다.

"후우……. 오랜만에 당황했군. 일단 실례했다. 너의 진심을 한번 확인해 보고자 무례를 범했다."

"허허! 이게 사과하고 넘어갈 거리야?"

"사과 말곤 딱히 뭘 할 수도 없지 않은가."

이 자식, 굉장히 뻔뻔하다. 세상에 뭐 이런 놈이 다 있지 싶을 정도였다.

그러나 이런 억지를 그냥 넘어갈 김성현이 아니었다.

손해 보면서 사는 삶은 지긋지긋하다. 이제 갑질 좀 해도 되지 않겠나? 어차피 서로 이름도 다 깠는데.

"동맹 파기하자."

"…뭐라?"

"아, 다 귀찮아졌어. 나 혼자 하지, 뭐. 까놓고 피하는 것 같아서 쪽팔리던 참이었는데 잘됐어."

"갑자기 무슨 소리를 하는 건가? 그리고 이미 도움을 받지 않았나."

"방금 그걸로 퉁 치자."

"퉁을 치자?"

"멋대로 날 훑어봤잖아, 이 개 같은 새끼야! 그걸로 퉁 치자고. 싫어?"

"그, 그런 억지가!"

아르테는 매우 당황했다. 이런 억지를 부릴 거라곤 생각하지 못했다.

김성현이 조소를 머금었다.

"왜? 네가 억지 부리는 건 되고, 내가 부리는 건 안 돼? 그리고 이게 왜 억지야? 너랑 내가 무슨 평범한 인간도 아니고. 이 정도는 요구해도 되잖아?"

"우, 웃기지 마라. 아무리 구두로 맺은 계약이라지만 그렇게 쉽게 파기할 수 있을 것 같은가? 이름이 걸린……."

"이름은 시발. 내가 언제 이름을 걸었는데?"

동맹을 맺기 위한 구두계약은 했지만 이름을 건 적은 없었다.

서로 이름을 알게 된 대등한 동맹이 맺어진 거지, 이름이 담보로 잡힌 계약은 아니었다.

오히려 아르테가 이름을 걸었다고 볼 수 있었다.

김성현은 당장 동맹을 파기할 생각은 없었지만, 여차하면 엎을 수 있다는 걸 보여 줄 생각이었다.

아르테가 진정하라는 듯 팔을 내저었다.

"알겠네, 알겠어. 일단 화를 가라앉히게."

"뭘 알겠는데?"

여기서 '내가 참는다.' 이런 식으로 얼렁뚱땅 넘어가면 안 된다. 지금 상황은 어쩌면 연애와 비슷하다.

"어?"

"뭘 알겠냐고. 설마 일단 날 진정시키려고 알겠다고 거짓말 친 거야?"

"그, 그건 아닐세. 내가 설마 눈앞의 위기를 넘기자고 거짓말을 하겠는가."

"그럼 뭘 알겠는지 말을 해."

"아……. 내가 자네에게 실수한 걸 알았네. 정말 미안하군."

"그게 미안한 놈의 태도야?"

"……?"

아르테의 얼굴이 멍해졌다. 똑똑한 머리로도 지금 상황이 이해가 가지 않는 모양이었다.

김성현은 오래전 연애 시절에 겪었던 일들을 떠올렸다.

딱히 잘못한 것도 없는데 싸울 때가 되면 잘못한 사람은 자신이 되어 있었다.

그땐 대체 뭐가 문제인지, 왜 이러는지 이해가 안 갔었는데 지금 써 보니 생각이 확 달라졌다.

'이래서 여자들이 그렇게 했던 거구만!'

자신이 여자는 아니지만 상황만 다를 뿐 역할은 비슷하다.

한쪽은 잘못을 했고, 한쪽은 그걸 놓치지 않았다.

여기서 결정적인 한마디를 던져 줘야 한다. 승리는 그곳에서부터 시작한다.

"왜 말이 없어?"

"지, 진심으로 미안하다."

"후! 마음씨 좋은 내가 참는다."

더 나아가선 안 된다. 그때부턴 자존심을 건드리는 문제이기 때문이다.

적당한 밀고 당기기.

지구 시절의 연애가 이럴 때 도움이 될 줄은 몰랐다. 역시 경험이란 건 무시할 수 없는 것이다.

"이 건은 넘어가 주지. 동맹 파기도 없는 걸로 하고."

"고맙네……."

뭔가 떨떠름한 표정이다.

분명 상황이 이상한데, 어느 부분이 이상한지 눈치채기 어려울 것이다.

하지만 신격이니만큼 곧 현 상황의 문제점을 짚어 낼 터.

이럴 땐 속사포로 밀어붙여야 한다.

"그래. 내 목적은 단순히 중심부를 차지하는 게 아니다. 네 말이 맞아."

"그, 그래."

"난 외우주에서 시작된 말도 안 되는 부조리를 없앨 거다."

"…나도 같은 생각이다. 외우주는 썩었어. 고인 물은 썩기 마련. 물갈이를 반드시 해야 한다."

역시 바로 본내용을 꺼내니 언제 그랬냐는 듯 진지하게

말을 받아 준다.

아르테는 의외로 단순한 성격이었다. 그게 아니라면 사소한 감정보단 공(公)을 더 중시하는 프로이거나.

뭐가 됐든 이젠 상관없다.

김성현은 의자를 만들어 편하게 앉았다. 언뜻 직원에게 보고를 받는 사장 같은 모습이었다.

"네 말대로 대동소이하군. 그 시작이 니알라토텝인가?"

"그녀는 '우둔한 아버지'의 보좌관이라고 봐도 무방하다. 그분의 명령에만 따르며, 맹목적으로 충성한다."

"우둔한 아버지라……. 사실 난 그가 정확히 뭐 하는 자인지 모른다."

"하지만 개념적으론 어느 정도 이해하고 있겠지. 외우주의 신격이니까."

김성현은 고개를 끄덕였다.

신격이 되는 순간 누군가의 시선을 느꼈었다. 별다른 위협 같은 건 보이지 않아 무시했었는데, 시간이 갈수록 '우둔한 아버지'란 존재가 점점 가깝게 와닿았다. 그리고 그의 개념이 조금씩 이해되기 시작했다.

"하지만 완벽하게는 이해하지 못하지."

"이해하면 이해할수록 점점 더 커져 가고, 멀어진다. 백과사전의 한 문장을 읽은 것처럼. 장수는 늘어나고, 권수가 늘어난다. 이윽고 백과사전이 끝나면 또 다른 시리즈가 내 눈앞에 나타난다."

"정확한 비유다. 그분은 무한하다. 사실상 내 목적에 그분은 포함되어 있지 않다. 포함시키기엔 그분은 절대적이며, 초월적이기 때문이다."

우둔한 아버지를 말하는 아르테의 눈엔 엄청난 존경심이 담겨 있었다.

그 앞에서 우둔한 아버지란 자를 욕했다간 당장이라도 동맹이 파기될 수도 있겠다 싶었다.

그 점이 이해가 안 갔다. 외우주의 썩은 물을 정리한다면서 어째서 그는 놔둔단 말인가?

'그야말로 진정한 썩은 물 아닌가?'

아르테를 포함해 다른 신격들이나 외우주의 존재들이 이 생각을 엿들었다면 경악했을 것이다.

누구도 자신이 믿는 신을 대놓고 욕보이진 않는다. 우둔한 아버지는 그들에게 그런 존재였다.

그런 사실을 알 리 없는 김성현은 잡생각을 털어 내듯 생각을 지웠다.

"여튼… 그건 넘어가고. 어떻게 할 셈인데?"

"니알라토텝……. 혼자 상대한다면 너무나 강대한 적이지만, 알다시피 난 안배를 마련해 놓는 걸 워낙 좋아한다."

"뭔가를 준비했군?"

"그래. 그녀뿐만이 아니다. 요그 소토스, 슈브 니구라스, 달로스, 마지막으로 최근에 새로 합류한 마리앙스까지. 준비는 완벽하다."

"마리앙스는 누구야?"

"누기르 코라스가 죽으며 생긴 빈자리를 메운 신격이다. 탄생한 진 얼마 안 됐지만, 선천적으로 타고난 권능과 힘이 무지막지하다."

남은 녀석이 얼마 없다고 생각했는데, 또 다른 놈이 추가됐다.

권력은 공백을 허용하지 않는다는 말이 있다. 아무래도 요그 소토스는 중심부의 권력이 하나둘 사라지는 게 마음에 들지 않은 모양이었다.

일단 마리앙스란 놈은 나중에 생각하기로 했다. 당장은 니알라토텝부터다.

"계획을 말해 봐라."

"흐흐! 실망스럽진 않을 거다. 너만 제대로 도와준다면 절대 질 수 없는 필승법이니까."

아르테의 눈이 한 번 더 무지갯빛으로 물들었다.

Chapter 9

레벨이 대수냐

　니알라토텝은 외우주를 떠돌고 있었다. '우둔한 아버지'이자 '진정한 왕'인 아자토스의 명령을 이행하기 위해서.

　하지만 알 수 없는 말만 늘어뜨린 그런 명령, 솔직히 이해하는 것조차 불가능했다.

　멋있는 거 먹고 자리에서 싸고 싶다거나, 아이가 신선한 과즙을 쏟아 내며 도넛에 구멍을 낸다거나, 그게 먹고 싶다거나.

　유일하게 알아들은 명령은 허기가 진다는 것뿐이었다.

　다른 이였으면 말도 안 되는 명령에 화부터 냈겠지만 그녀는 달랐다.

억겁의 세월 동안 그를 보필하며 말도 안 되는 명령들을 수행했고, 그중 절반 정도는 완수했다.

이번 명령도 크게 다르지 않았다.

어차피 시간의 제약은 존재하지 않는다. 모든 시공간의 흐름은 아자토스를 빗겨 나가니 한평생이 걸려도 무관했다.

"그나저나 격렬한 전투의 흔적이 느껴지는걸?"

니알라토텝은 김성현과 크툴루의 싸움을 알지 못했다.

아자토스의 명령이 최우선이기 때문에 관심을 두지 못한 것이다.

중심부의 동료들이 알려 줬다면 또 모를까, 그런 것도 없었다.

당장 알지 못할 뿐 곧 알게 될 걸 모두가 알고 있었다. 지금처럼.

"호오, 둘이 이미 맞붙었잖아?"

아자토스의 시선이 향한 방향으로 느긋하게 날아오니 엄청난 힘의 흔적이 뭉쳐 있었다.

단번에 공간의 기억을 읽은 니알라토텝은 웃음을 주체할 수 없었다.

"명령은 바로 그런 거였나?"

이곳에 도달하니 아자토스의 명령이 뭘 말하는지 알 것 같았다.

한동안 아자토스의 명령에 다른 것에 눈을 돌릴 수 있을 거라 생각하지 않았다. 뜬금없이 보너스를 받은 기분이었다.

니알라토텝은 큰 입술을 위로 끌어 올리며 환하게 웃었다.

공간의 기억 속에선 김성현이 크툴루를 완전히 흡수했다. 알고는 있었지만 정말 대단하단 생각밖에 안 든다.

"그나저나 조력자가 있구나."

이스인 하나가 김성현을 찾아왔다. 그들은 자신이 이곳에 도달하리란 걸 알고 있었다. 이스인의 정보망이 대단하단 건 알고 있어 그리 놀랍진 않았다.

놀라운 건 김성현과 이스인이 동맹을 맺었다는 거다.

일시적 동맹일 수도 있겠지만, 그의 목적을 생각한다면 이스인의 기술력을 무기로 휘두를 수 있다. 그렇게 되면 조금 골치 아파진다.

니알라토텝은 지구 2가 무지갯빛에 휩싸여 사라지는 모습을 보는 걸 마지막으로 재생을 멈췄다.

팔커트라 소개한 이스인의 말대로 추적은 어려울 듯했다. 무슨 짓을 한 건지 시공간을 탈출했다.

'권능급 기술을 실현하는 기술력을 가지고 있는 건가?'

시공간 관련 권능을 지닌 신격이 아닌 이상 자신의 추적을 따돌리는 건 꽤 어렵다.

그녀는 눈을 가늘게 떴다. 이스인이 외우주 최고의 문명을 이룩한 종족이란 건 인정한다. 하지만 이 정도의 시공간 기술을 가졌다곤 생각하지 않았다.

배후가 있다. 누군지는 모르겠지만 분명 아는 놈이 확실하다.

'엘더 갓' 중 하나일 수도 있다. 정말 그들 중 하나라면 꽤 골치 아파진다.

"일단 찾는 게 우선이겠네. 흐흐!"

니알라토텝은 음산한 웃음을 흘리며 혼돈을 일으켰다.

외우주는 그녀에게 홈그라운드나 다름없다. 마음만 먹는다면 어디든 한 보로 이동할 수 있다.

　　　　＊　＊　＊

김성현은 아르테의 구체적인 계획을 듣고 생각에 잠겨 있었다.

그의 말처럼 계획은 성공만 하면 니알라토텝을 저승길로 인도할 수 있었다. 대신 실패하면 자신과 아르테, 이스인은 소멸을 피하지 못한다.

하이 리스크 하이 리턴.

목적을 이루기 위해 목숨을 걸어야 한다.

사실 목숨은 예전에 버렸다. 자신을 기다려 주는 이들에겐 미안하지만, 일이 잘 안 되면 자폭까지 생각하고 있었다.

새근새근 자고 있는 아린의 머리를 쓰다듬었다. 아르테의 공간에서 빠져나온 후라 보호막은 없앤 상태였다.

"심란하군."

휘잉!

상쾌한 바람이 불며 푸른 잔디가 사부작 소리를 내었다.

당장 저 대기권만 넘어가면 혼돈의 도가니다. 그런데 대기권 안이라는 이유만으로 이곳은 평화가 흘러넘친다. 곧 사라질 평화다.

아린을 힐긋 보았다. 니알라토텝이 온다면 아공간에 넣는 것으로도 그녀를 보호할 수 없을지 모른다.

입술을 깨물었다. 가장 안전한 방법은 단 하나뿐이다.

김성현은 자리에서 일어났다.

그녀를 외우주에서 탈출시킬 것이다. 방법은 그리 어렵지 않았다. 이미 한 번 해 본 일이다.

"아린, 저기 가서 푹 쉬고 있어. 꼭 돌아간다."

또 이별을 한다는 게 슬펐지만 꾹 참았다.

왠지 듀란달이 깨어나면 자신을 놀릴 것 같았다. 결국 그의 말대로 되었으니까.

김성현은 저번과 같은 방식으로 판데리아와 지구 2를 이었다. 한 번 해 본 일이라 두 번은 어렵지 않았다.

통로 안으로 레이넌의 성역이 보였다. 수많은 병사들이 그 주변을 지키고 있었다.

갑자기 지구 2와 이어진 링크가 끊기니 최고 관리자가 급하게 병사들을 푼 모양이었다.

아직 저들에겐 링크로 이어진 포탈이 보이지 않는다.

자고 있는 아린을 공주님 안기로 들고 포탈 앞에 섰다.

"푹 쉬렴."

"성현 님······."

꿈을 꾸는지 입맛을 다시는 아린. 그녀의 이마에 가볍게 입술을 맞췄다.

아린의 몸이 허공에 떠오르며 포탈 안쪽으로 넘어갔다.

주변에 배치되어 있던 병사들이 크게 놀란다. 그것을 마지막으로 포탈의 문은 닫혔다.

[언제든 여실 수 있습니다.]

"깼냐? 귀신 같은 놈. 인기척 좀 내라."

어느새 깨어난 듀란달이 등 뒤에 와 있었다.

검 내의 영혼이 아직 불안정해 보이지만 활동이 가능할 정도로 많이 회복됐다.

이 시기에 깨어나 천만다행이었다.

그만큼 그가 걱정되었다. 곧 시작될 싸움은 크툴루전에 버금가거나, 그 이상일 것이다. 과연 니알라토텝의 혼돈

속에서 미치지 않고 버틸 수 있을까?

그런 김성현의 표정을 읽은 듀란달이 싱긋 웃었다.

[하하! 걱정하지 마십시오! 제가 누구입니까? 기적의 성검 듀란달 아닙니까!]

"하하하! 네 말이 맞다. 기적의 성검! 이번에도 기적 한번 일으켜 보자!"

[잘될 겁니다. 숱한 역경을 넘어오지 않았습니까. 거기다 이미 한 번 상대했던 적입니다. 권능을 아는 것만으로도 반은 먹고 들어가는 거라고요.]

"오냐. 긍정적으로 생각하자."

듀란달의 말이 위안이 됐다.

말은 안 하고 있었지만 솔직히 니알라토텝의 강함에 위축되긴 했었다.

강해질수록 그녀가 얼마나 강한지 체감되었다.

외우주 진입 전, 테베즈의 권능으로 불려 온 그녀의 일부가 얼마나 작은 파편이었는지 깨달았다.

외우주 중심에서 느껴지는 거대한 힘은 먼 거리임에도 뼛속까지 파고들었다.

지금도 일대일로 싸우게 되면 이길 거란 자신은 있었다. 하나 그것과 공포는 별개였다.

"가자."

각오를 다진 김성현이 지구 2를 벗어났다.

아르테의 말에 따르면 니알라토텝이 이곳을 발견하는 데 일주일이면 충분하다고 했다.

일주일 동안 수련을 한다 해서 달라지는 건 없다.

이스인들의 행성, 이스에 착지한 김성현은 곧장 그들의 왕이 있는 곳으로 이동했다.

나선을 그리고 있는 독특한 형태의 왕좌엔 다른 이스인과 크게 다르지 않은 늙은 이스인이 앉아 있었다.

"왔는가."

이스의 왕, 마벨록이었다.

"마음은 다잡은 모양이지?"

"그래."

마벨록의 물음에 간단하게 대답했다.

김성현은 듀란달을 꽉 쥐고 숨을 들이마셨다.

일주일이란 시간은 뭘 하기엔 너무 짧은 시간이다. 하지만 일주일이 아니라면, 그보다 훨씬 긴 시간이라면 얘기는 달라진다.

마벨록이 자리에서 일어났다. 나선의 왕좌가 드릴처럼 빙그르르 돌기 시작했다.

바닥에 새겨진 거대한 원에서 빛이 흘러나온다. 규칙적인

선이 불규칙하게 움직이며 균열을 만들었다.

 차작! 키이이이잉!

 기분 나쁜 소리가 울리며 분홍빛 아치 모양의 막이 만들어졌다.

 "지금부터 그대의 시간을 천 배로 늘릴 걸세. 하루는 그대에게 맞춰 24시간으로 정해 두지."

 24시간의 천 배. 24,000시간. 1,000일.

 지금부터 김성현에게 주어진 시간은 3년 좀 못 되는 시간이었다.

 길다면 길지만 신격인 그에겐 찰나지간이라 해도 좋은 시간이었다. 그러나 어떻게 쓰느냐에 따라 그 시간도 유용하게 사용할 수 있다.

 아르테가 마지막으로 했던 말을 떠올렸다.

 '궁극을 찾아라.'

 궁극(窮極). 이것이 자신들의 목적을 이루기 위한 필승의 열쇠다.

 아르테는 자신만이 그것을 손에 넣을 수 있다고 말했다.

 그의 어디까지가 진심이고, 어디까지가 거짓인지는 모른다.

다만 지금은 몰릴 대로 몰린 벼랑 끝이었다. 그도, 자신도 더 이상 물러설 곳은 없다. 굳건한 동맹을 새로 맺었기에 그를 신용했다.

"이판사판이야."

여차하면 권능의 힘으로 빠져나오면 된다.

분홍빛 막 안으로 같은 색의 포탈이 만들어졌다.

아르테가 빌려준 힘과 이스의 과학력이 융합된 미지의 시공간이다. 테베즈가 보통의 시공간을 끌어다 만든 엔드리스 홀과는 격이 다르다.

김성현은 그 안으로 발을 들였다. 살갗을 파고드는 거센 압력은 신격조차 압살시킬 기세였다. 절로 이가 악물어지며 본능적으로 기운이 발생했다.

뒤에서 마벨록의 배웅 소리가 들렸다.

"수고하게."

무덤덤한 것이 지금까지의 긴장이 싹 내려가는 기분이다.

김성현은 뒤에서 집게발을 흔들고 있을 마벨록을 향해 팔을 흔들었다.

다시 만나는 건 대략 3년이 채워졌을 때일 것이다. 그에겐 일주일에 불과하겠지만 부디 자신이 없을 때 니알라토텝이 나타나거나 하는 불상사가 없길 빌었다.

✤ ✤ ✤

 마리앙스는 자신의 행성에서 현 상황을 즐겁게 지켜보고 있었다.
 외우주 3강이라 불리는 니알라토텝과 크툴루를 흡수한 김성현의 격돌이 머지않았다.
 당사자도 아닌데 괜히 가슴이 뛰고, 첫사랑을 떠올리는 것처럼 설렜다. 상황이 어떻게 전개될지 너무 궁금했다.
 딱히 결과가 궁금한 건 아니었다. 누가 이기든 부질없을 테니까. 그 과정을 영화 보듯 즐기는 것뿐이다.
 아, 일주일 정도 걸릴 테니 영화라기엔 너무 길다. 짧은 시리즈 드라마 정도로 보면 될 것 같다.
 "과연 다른 자들은 어떻게 움직일까?"
 드라마라는 것이 주연들만으로 진행되진 않는다. 비중 있는 조연도 있고, 공기 수준의 단역들도 있다.
 마리앙스의 눈이 초승달로 변했다.
 모든 건 계획대로 차곡차곡 흘러간다.
 그들은 알고 있을까? 우주의 흐름 속에 미약하게 흐르고 있는 '인과율'을.
 당연히 모를 것이다. 쥐도 새도 모르게 자신이 몰래 뿌려놓았으니까.

인과율이란 참으로 멋진 단어다. 퀘스트 월드가 아니었다면 이번 계획 자체가 실행되지 않았을 수도 있다.

마리앙스는 외우주 중앙에 있는 혼돈의 왕좌를 보았다. 이번만큼은 '우둔한 아버지'라도 어찌할 수 없다.

우둔한 아비에게선 우둔한 자식들밖에 태어나지 않는다. 외우주 최고의 지성? 엿이나 까 잡수시기를.

"흐흐흐흐흐하하하하하!"

마리앙스가 광소를 터트렸다.

그의 양손엔 시간의 흐름이 수많은 나선의 형태로 겹겹이 흐르고 있었다. 직접 만든 인과율이었다.

앞으론 외우주에도 인과율이 시스템처럼 적용될 것이다. 시작은 김성현과 니알라토텝의 전면전에서부터다.

크툴루부터 시작하려고 했지만 아무리 괴물이어도 3강에 비하면 한 끗발 떨어지는 건 사실.

"제격이야! 아주 제격!"

두 신격의 싸움이 끝나면 승자라고 해서 절대 멀쩡하지 않을 터. 마리앙스는 그때를 노릴 생각이었다.

인과율이 있는 이상 설계해 놓은 판 안에선 일단은 '전지전능'하다.

3강 중 하나를 흡수한다면 힘의 균형이 무너진다.

그렇게 되면 외우주는 자신의 손아귀에 들어올 것이다.

별다른 변수가 없으면 말이다.

※ ※ ※

 요그 소토스는 걱정 가득한 얼굴을 하고 있었다. 일전에 달로스에게 들었던 말 때문이었다.
 '내가 정말 안일하게 생각하고 있는가?'
 아무리 크툴루를 쓰러트린 김성현이라도 자신들의 적수는 아니라고 생각했다. 모순 세계를 막 열었던 때와 크게 다르지 않았기 때문이다.
 쥐가 한 마리에서 두 마리가 된다고 인간은 위협적이라 생각하지 않는다. 그냥 조금 귀찮아졌다고 생각하지.
 마찬가지였다. 그들은 시공간의 흐름을 살짝 건드리는 것만으로 죽일 수 있다고 생각했다. 지금도 그 마음은 크게 달라지지 않았다.
 그런데 왜…….
 "이 위화감은 대체 뭐지?"
 난생처음 느껴 보는 감정이었다.
 요그 소토스는 자리에서 일어났다. 인간의 몸이 허물어지며 거품이 바글바글 부풀어 오른다.
 순식간에 본체로 변한 그는 공간을 깨부수고 밖으로 튀

어나왔다.

[아버지께 다녀와야겠어.]

그분이라면 모든 걸 알고 계신다. 비록 이해 범주를 벗어난 말로 대답하지만 해석할 자신이 있었다.

곧 니알라토텝과 김성현이 부딪친다. 누군가의 도움을 받고 자리를 피한 모양이지만 시간문제다. 그들이 격돌하기 전에 미지의 불안감부터 처리해야 한다.

그는 기다란 촉수들을 너풀거리며 혼돈의 옥좌로 향했다.

주변을 공전하는 소신격들이 각종 악기를 연주하며 요란하게 춤을 추고 있다.

※ ※ ※

아르테와 이스의 왕 마벨록이 한데 모여 일꾼들을 부리고 있었다. 그들은 한창 '함정'을 설치하고 있었다.

단순히 쥐나 잡으려고 설치하는 쥐덫이 아니었다. 위험한 맹수를 잡기 위해 밀렵꾼들이 설치하는 곰덫이라고 하는 게 정확하리라.

다만 그 규모가 상상을 초월했다. 우주홍황(宇宙洪荒)이라 해도 부족한 거대한 외우주의 천분의 일만큼의 공간을 똑 떼어 냈다.

마벨록이 집게발을 딱딱 소리 나게 부딪치며 말했다.

"잘될 것 같소?"

"김성현에게 달렸지."

아르테는 무심한 얼굴로 작업 현장을 보았다.

광활한 우주의 일부가 반듯하게 잘려 드러내지고 있다. 참으로 신기한 광경이었다.

아이디어를 낸 건 자신이지만 솔직히 현실화될 거라곤 생각하지 못했다.

이스의 과학력이 아니었다면 꿈도 못 꿨을 것이고, 김성현이 아니었다면 시도 자체를 안 했을 것이다.

여러모로 전황은 자신에게 유리하게 흐르고 있다.

"준비는 완벽하니 계획대로 실행만 하면 됩니다."

"음……."

비어 버린 공간은 혼돈조차 남지 않은 새까만 무(無)였다.

굳이 따지자면 저것도 혼돈이라 할 수 있겠지만, 그것보단 공백이라 부르는 게 나으리라.

저 공백에 열심히 준비한 것을 대신 얹어 놓으면 함정은 끝난다.

구조물도 완벽히 만들었으니 6일만 지나면 이곳은 이전

처럼 우주의 일부처럼 보일 것이다.

"난 이만 들어가도록 하지."

"그러시죠."

"참, 김성현이 들어간 지 얼마나 흘렀는가?"

"어디 보자……."

마벨록은 품에서 독특한 모양의 시계를 꺼냈다. 시계를 뚫어져라 본 그가 시계를 집어넣으며 말했다.

"하루를 24시간 기준으로 세 달 정도 흘렀군요."

"얼마 안 됐군."

"오늘 들어가지 않았습니까."

"그랬지……. 시간이 더디군."

아르테는 뒷짐을 진 채로 서서히 멀어졌다.

마벨록은 그를 보다 다시 현장 쪽으로 몸을 돌렸다. 화려하기 짝이 없는 거대 기계들이 공간의 조립을 시작했다.

이틀이 지났다.

아르테는 평소처럼 작업 현장을 지켜보고 있었다. 공백은 어느새 3분의 1가량 메워져 있었다.

이스의 위대한 종족은 볼수록 대단했다. 그러니까 그들의 스폰서가 되어 준 거지만.

일개 종족 단위의 힘으로 이 정도 문명을 일으켰다는 건 기적이었다. 신격들이 모여 문명을 발전시켜도 여기까지 도달하려면 몇천 년은 꼬박 걸릴 것이다.

'이 과학 문명의 힘이 탐난다.'

이 모든 걸 자신의 소유로 만든다면 홀로 중심부의 신격들과 맞설 수 있을지도 모른다. 그럼 김성현도 필요 없는 것이다.

필요 없다면 정리해야 하고, 그것 또한 양분이 된다.

아르테는 니알라토텝을 정리한 후 곧장 무엇을 해야 할지 결정했다. 우둔한 아버지께서 자신을 도와주는 게 아닌가 하는 생각이 들었다.

'모든 걸 내 손에 넣으면 날 내쫓은 놈들도 결국 내 산하로 들어오게 된다.'

다른 이들은 그의 야망을 알지 못했다.

아르테는 푹신한 우주에 몸을 누였다.

또 하루가 그렇게 지나갔다.

다음 날이 밝았다. 이스인들은 그들의 최종 병기인 무창의 탑을 옮기고 있었다.

대략 5천 킬로미터에 육박하는 높이와 수억 개의 기능이 탑재된 무시무시한 병기.

심지어 그 수억 개의 기능이 끝이 아니다. 그것들을 무한대로 조합시켜 새로운 기능을 만들어 내는 게 가능했다.

그야말로 이스인의 모든 것이 담긴 '정수'.

"김성현도 저것 때문에 이스인을 뒤쫓지 못했다지?"

말살 모드가 포함된 모든 기능을 조합한 공격은 신격마저 지워 버린다.

김성현은 평범한 신격이 아니니 소멸되진 않겠지만 적잖은 피해를 입었을 것이다.

저것으로 함정에 빠진 니알라토텝을 공격한다면 그녀도 견디지 못하리라.

거기다 자신과 김성현이 힘을 보탠다면? 말해 봐야 입만 아프다.

그때 마벨록이 그의 곁에 다가왔다.

"기어 다니는 혼돈의 위치가 파악됐습니다."

"보여 주게."

허공에 홀로그램이 떠오르며 3D 입체 영상이 재생되기 시작했다.

"실시간이 아니군."

"혼돈의 힘이 예상보다 강대하고, 속도가 너무 빠릅니다. 외우주 전역에 펼쳐 놓은 카메라가 그녀를 담는 건 매우 어렵습니다."

그럼에도 니알라토텝의 위치를 파악할 수 있는 이유는 카메라의 수가 엄청나게 많기 때문이다. 수십억분의 일 꼴로 그녀의 모습이 찰나지간이나마 포착됐다.

"위치는 앙셀코스트로 20분 전에 찍힌 영상입니다."

"영상에 나오는 시간은 3초 정도."

거의 스쳐 지나가듯 잔상만 보인다.

앙셀코스트면 이곳에서 4조 광년 떨어진 차원계였다.

엄청난 속도로 다가오고 있다. 이건 예상 밖의 일이었다.

아르테는 당황을 금치 못했다.

본래대로라면 지금쯤 파비엘랑소 근처를 지나가고 있어야 한다. 그곳은 37조 광년 떨어진 곳으로 거기서부터 여기까지 5일 정도 걸린다.

"이, 이 속도라면……."

"일정을 당겨야 합니다."

"하지만 저 속도보다 빠를 수 없다 하지 않았나?"

"김성현을 다시 꺼내죠."

마벨록이 진지한 목소리로 제안했다.

아르테는 섣불리 대답할 수 없었다. 가뜩이나 부족한 3년이다. 그 기간 안에 궁극은커녕 엿보는 것조차 불가능할 수도 있다.

그건 안 될 말이다. 아무리 함정이 완벽하게 설치돼도 궁극이 없다면 말짱 도루묵이다.

"일단 위치를 교란시켜라."

"알겠습니다."

마벨록은 군말 않고 명령을 따랐다.

얼마나 시간을 벌어 줄지는 모르겠지만 방향 감각을 상실시킨다면 반나절까진 어떻게 될 수도 있다.

아르테는 깍지를 끼고 이마에 댔다. 그림자 진 그의 백색 눈에서 무지갯빛 안광이 흘러나왔다.

하루가 더 흘렀다. 김성현이 들어간 지 4일째 되는 날이었다.

마벨록이 환한 얼굴로 아르테의 공간으로 들어왔다.

"무슨 일이지?"

"교란에 성공했습니다!"

"정말인가!"

"현재 니알라토텝의 위치는 그랑데로스 성단입니다. 이곳에서 7조 광년 떨어진 곳이죠."

"호재로군!"

길게 잡아서 끌 수 있는 시간이 반나절이라 생각했다. 한데 일이 잘 풀려 하루가 넘는 시간을 벌었다.

그렇다고 마음을 놓을 순 없었다. 니알라토텝이라면 금방 이상함을 눈치채고 이곳으로 선회할 것이다. 아직까진 위험한 상황이다.

"위치 교란이 두 번은 안 먹히겠지?"

"이 한 번도 기적이나 다름없습니다. 두 번은 없다고 보는 게 옳습니다."

마벨록의 냉정한 대답에 아르테는 고개를 끄덕였다.

아르테는 마벨록을 데리고 밖으로 나왔다.

공사는 쉬지 않고 진행되고 있었다. 함정은 이제 절반 정도 완성됐다.

공백을 채우고 있는 기품(奇品)들은 '거대 봉인진'이 프로그램되어 있다.

어지간한 신격은 영원히 가둬 놓을 수 있으며, 상위 격을 가진 자들 또한 오랜 시간 붙잡아 둘 수 있을 정도로 내구도가 뛰어나다.

니알라토텝 정도의 대신격은 그리 오래 붙잡아 놓지 못하겠지만 5분만이라도 충분했다.

하나 그것도 완성됐을 때의 얘기다.

"국왕, 지금이라면 니알라토텝을 얼마나 붙잡을 수 있다고 생각하나?"

"붙잡는다는 표현이 옳을까요?"

"크흠……."

"지금으로선 10초 정도입니다. 절반 정도 완성됐다곤 하나 말 그대로 절반입니다. 미완성인 상태입니다. 제 기능은커녕 일부조차 발휘되지 않을 수도 있어요."

"…김성현을 부를 준비를 하게."

"예."

마벨록이 포탈이 있는 방향으로 움직이려 할 때였다.

꽈앙!

반대쪽 공간이 무너져 내리며 끔찍한 혼돈이 파도처럼 밀려 들어왔다.

아르테는 곧장 본체로 변해 혼돈의 파도를 막았지만 역부족이었다.

무지갯빛 힘이 혼돈에 잡아먹혀 그 빛을 잃어 간다.

[어리석은 자들이여.]

짙은 혼돈이 뒤엉킨 목소리가 들려왔다.

새까만 어둠으로 휩싸인 거인이 붉은 안광을 뿜어내며 우주를 덮는다.

기어 다니는 혼돈.

왕의 오른팔.

외우주 최고의 지성.

그 이름, 니알라토텝.

[내 이름으로 명한다.]

[혼돈의 바다는 모든 것을 먹어 치워라.]

{그렇게 둘 수 없다!}

발악하듯 아르테가 소리쳤다.

이스인이 곧장 무창의 탑을 발동시켰다. 신살(神殺)이 내장된 기능들이 무한대의 경우의 수로 조합하기 시작한다.

니알라토텝이 기다란 입술을 위로 휘어 올렸다.

[재미난 놀음을 할 셈인가.]

{버텨 보라!}

[공간 절단:직선]

니알라토텝의 거체에 가느다란 실선이 그어졌다.

실선은 무지갯빛을 강렬하게 뿜어내며 서서히 갈라지기 시작했다.

[버려진 '엘더 갓'이여, 이걸로 뭘 할 수 있는가.]

{적어도 시간은 벌 수 있겠지.}

[만용이다.]

무지갯빛 실선이 혼돈에 집어삼켜진다. 구체로 변해 표정은 없지만 기운 전체가 당황스러움을 표출했다.

공간 절단은 아르테의 권능이었다. 비록 강력한 권능은 아니었지만 공격 타입으로는 제법 위력적이었다. 한데 아무렇지도 않게 공간 절단을 잡아먹었다.

{이것이 진정한 혼돈의 힘인가······.}

[절망하는가.]

{후후! 말하지 않았는가. 시간은 벌 수 있다고.}

[음······.]

아르테의 말이 끝나기 무섭게 절반 정도 완성된 기관이 작동하기 시작했다.

거대한 봉인진이 그녀를 덮으며 단단하게 속박했다.

겉으로 보기엔 완성된 것과 크게 차이 나 보이지 않았다. 하지만 실속은 전혀 달랐다.

마벨록은 미완성인 상태라고 단언했고, 그 성능은 일부조차 발휘되지 않을 수도 있다고 말했다.

'그래도 10초 정도는 붙잡아 둘 수 있을 거다.'

분 단위는 아니지만 지금은 초 단위라도 상관없다.

니알라토텝이 주먹을 휘둘렀다.

콰앙!

봉인진이 크게 흔들린다. 봉인진 장막에 큰 실금이 그어졌다.

주먹을 한 번 더 휘둘렀다.

파직!

소름 끼치는 소리였다.

시간이 촉박하다.

"무창의 탑 발동!"

이스의 왕 마벨록이 관리자들에게 명령을 내렸다. 거대한 무창의 탑이 엄청난 에너지를 뿜어내기 시작했다.

직격만 한다면 니알라토텝이라도 크게 휘청일 것이다.

절대로 직격당하게 만들어야 한다. 그 전에 봉인진을 벗어나면 돌이킬 수 없어진다.

[공간 절단:비틀어 베기]

유려한 선이 봉인진 안의 니알라토텝을 초승달 형태로 지나쳤다.

그녀의 왼쪽 다리와 옆구리가 크게 베였다. 한쪽 다리를 잃으니 균형이 무너지며 잠깐 동안 주춤거렸다.

[건방진 녀석.]

{자, 큰 거 한 방 맛있게 드시길.}

니알라토텝이 혼돈을 끌어 올려 주먹을 휘둘렀다.

와장창!

봉인진이 모조리 깨져 나간다. 예상대로 10초 정도를 붙잡아 두었다. 그 정도면 충분하다.

"발사!"

마벨록의 우렁찬 목소리가 들려왔다.

무창의 탑에서 자줏빛 광선이 우주를 가르며 쏘아졌다. 공간 전체가 바람에 펄럭이는 커튼처럼 구부러진다.

니알라토텝이 손을 뻗었다. 아쉽게도 막는 건 불가능하다.

자줏빛 광선이 니알라토텝에게 직격했다. 거대한 에너지가 외우주 전역으로 퍼져 나갔다.

✾ ✾ ✾

 김성현이 들어간 지 정확히 7일째 되던 날.
 포탈에서 그가 천천히 걸어 나왔다. 그는 눈앞에 펼쳐진 광경을 보며 크게 숨을 들이켰다.
 "왔니?"
 "빠르네. 그것도 꽤."
 니알라토텝이 인간의 모습으로 시체가 된 아르테 위에 앉아 있었다. 그것도 꽤 야릇한 자세로.

Chapter 10

레벨이 대수냐

　김성현은 실실 웃고 있는 니알라토텝의 얼굴을 한 대 치고 싶었다. 자신을 눈앞에 두고 저런 여유를 보이는 게 마음에 들지 않는다.
　어둠의 인력을 손에 쥐고 곧장 달려들려고 했다.
　"잠깐."
　"우리 사이에 대화할 게 남아 있나?"
　"인정머리 없이 바로 싸우려고?"
　다른 종족 따위 개차반 취급하는 주제에 인정머리를 찾다니……. 어이가 없어 하마터면 쌍욕을 할 뻔했다.
　그런 자신의 시선을 느꼈는지 니알라토텝이 영문을 모

르겠단 얼굴로 어깨를 으쓱였다.

김성현의 얼굴이 찌푸려졌다.

"하하! 그 표정 좋은걸?"

"넌 별로 좋지 않군."

[주인님, 릴렉스입니다.]

"걱정하지 마."

듀란달은 김성현이 폭발할까 봐 진정시키려 했지만, 그는 짜증이 좀 날 뿐 이성이 마비될 정도로 화난 상태는 아니었다.

무엇보다 다짜고짜 달려든다고 어떻게 할 수 있는 상대가 아니다. 그녀가 대화를 원한다면 나눠 볼 의향은 있었다.

김성현의 표정을 읽은 니알라토텝이 교태 섞인 목소리로 말했다.

"목소리 낮게 까는 것도 멋진걸?"

"개잡소리. 하고 싶은 말이 있으면 하지 그래? 짜증 나게 아양 떠는 척하지 말고."

"개잡소리라니, 숙녀한테 너무하네."

"숙녀? 하하하하! 내가 들었던 농담 중 가장 재밌었어!"

"정말 너무하네."

니알라토텝은 고혹적인 미소를 지으며 아르테의 시체 위에서 일어났다.

무지갯빛 구체가 서서히 입자 단위로 부서지더니 그녀의 몸속으로 흡수되었다.

김성현은 미간을 찌푸렸다. 가뜩이나 깡패처럼 강한 그녀가 더 강해졌다.

그걸 알리려는 듯 니알라토텝이 손가락을 빨며 말했다.

"버려진 놈이어도 맛은 꽤 좋네."

"버려진 놈?"

"넌 모르고 동맹을 맺은 거야? 가엾어라."

그녀가 당최 무슨 말을 하는지 모르겠다.

아르테가 누군가에게 버려졌다고 말하는 것인가? 하지만 신격을 누가 버린단 말인가.

김성현은 혼자 추측해 보려 했지만 아무것도 떠오르지 않았다.

"설명을 듣기 전엔 당연히 모르지. 하하!"

"그 말은 알려 줄 의향도 있다는 것처럼 들리는데."

"음……. 어차피 넌 여기서 어떻게든 결판이 날 테니까 말해 줄게. 오늘은 기분이 좋거든."

"네가 내게 흡수당하는 쪽으로 결판이 나겠지."

"좋을 대로 생각해~ 그래서 듣기 싫어?"

김성현은 의심스런 눈초리로 그녀를 째려보았다.

니알라토텝은 억울하단 표정을 하더니 심통이 났는지

고개를 휙 돌렸다.

"싫음 말고. 궁금하지도 않은 애에게 친절하게 설명해 줄 정도로 성격이 좋지 않아, 나는."

"…말해."

"하하! 궁금했구나?"

니알라토텝이 이런 성격이었던가?

김성현은 외우주에 들어오기 전 그녀의 일부와 싸웠던 기억을 떠올렸다.

의외로 말을 잘 들어 주긴 했지만 친한 척할 정도로 뻔뻔하진 않았다.

또한 슈브 니구라스와 말싸움할 땐 남을 배려하는 걸 전혀 느낄 수 없었다.

-무슨 목적이라도 있는 건가?

-그런 것 같습니다. 제가 봐도 이상합니다.

듀란달도 같은 생각인 걸 보니 확실히 저번과는 다른 게 분명하다.

김성현은 경계를 늦추지 않고 그녀의 말에 집중했다.

"이 아이 이름이 아르테라고 했나? 이 애는 '엘더 갓'의 일원이었어."

"엘더 갓……?"

"그래, 엘더 갓. 그들은 우리와 같은 외우주의 신격이지만 약간 달라. 계파가 다르다고 해야 하나?"

"무슨 말이야?"

"너도 알고 있겠지. 외우주 중심에 기거하는 '우둔한 아버지'를."

당연히 알고 있다.

외우주에 진입한 모든 존재는 신격이든, 비신격이든 그의 존재를 알 수밖에 없다. 누구도 넘볼 수 없는 '절대자'이자 외우주의 진짜 주인이기 때문이다.

그 때문인지 아무리 격을 쌓아도 그의 이름을 함부로 입에 담을 수 없었다.

"엘더 갓은 우리와 함께 만들어진 '또 다른' 신격들이라 보면 돼."

"뭐가 다른 거지?"

"성향."

니알라토텝이 단호하게 말했다.

외우주의 신격들은 기본적으로 포악하다. 그들의 지배를 받는 종족들이나 적대하는 자들이 괜히 악신이라 부르는 게 아니다.

반면 엘더 갓들은 완전히 다른 성향을 가지고 있었다. 그들은 기본적으로 선하고, 타인을 배려한다. 욕심부리지 않고, 약한 존재들을 보호하고 그들을 위해 희생하기도 한다.

그 때문에 그들은 서로를 배척하고 물어뜯으며 평생을 다퉈 왔다.

물과 기름, 절대 섞일 수 없는 성향 때문에.

"잠깐! 그들이 엘더 갓이라 불리면 우린 뭐라 불리는 거지?"

"흐흐! 궁금해?"

"아니."

김성현은 음흉한 니알라토텝의 표정을 보고 고개를 저었다. 놈의 장난을 받아 줄 생각은 일도 없었다.

니알라토텝은 재미없다는 듯 피! 소리를 내었다.

"우린 '아우터 갓'이다."

"외우주의 신격이랑 아우터 갓이랑 뭐가 달라?"

"뭐가 다르냐니? 글자 수가 다르잖아. 부르기도 쉽고."

또 말장난이다.

김성현은 관자놀이를 주물렀다.

싸우기 전에 이런 식으로 진이 빠지는 건 사양이다. 거기다 아직 본내용도 말하지 않았다. 휘둘리는 건 여기까지다.

"아르테가 버려졌다는 게 뭔지 설명해."

"아차차! 그 얘기 하고 있었지? 하하! 그 애는 욕심을 부렸어. 엘더 갓인데 성향을 저버린 거지."

"그럼 아우터 갓이 되는 건가?"

"설마. 한 번 엘더 갓은 영원히 엘더 갓이야. 다만 거대한 세력에서 쫓겨난 놈은 외톨이 신세가 된 거지. 거기다 지금 외우주는 우리 아우터 갓이 점령한 상태라 그 애가 설 자리는 아예 없었어."

"그래서 퀘스트 월드에 몰래 관여하고, 이스인과 손을 잡은 건가."

"뭐, 그렇지."

니알라토텝은 그가 퀘스트 월드 내에 있었다는 걸 알고 있었다. 그녀가 안다는 건 다른 운영진들 모두가 알고 있다는 게 된다.

아르테, 정말 불쌍한 친구다. 하긴 코스모스조차 그의 위치를 알고 있었다.

'그래도 넌 할 거 다 했다.'

김성현이 이만큼 성장할 수 있었던 건 그의 덕분이라 해도 과언이 아니었다.

비록 엿 같은 삶을 살긴 했지만 그것도 곧 끝을 향해 달려간다.

이제 궁금한 것도 해결했겠다, 더 이상 끌고 싶지 않다.

아직도 여유롭게 앉아 있는 니알라토텝을 향해 권능을 사용했다.

[어둠의 인력:다크 포스]

그녀의 머리 뒤에 반들거리는 어둠의 구체가 만들어졌다.

니알라토텝이 두 눈을 부릅뜨며 단숨에 본체로 몸을 바꾸었다. 거대한 어둠이 혼돈처럼 뒤엉키며 거인의 형상이 되어 간다.

[감히 기습을 해?]

"그럼 언제까지 수다나 떨고 있을 생각이었어?"

[지금이라도 권능을 물려라. 제안하고 싶은 게 있다.]

제안? 웃기지 마라.

김성현은 꽉 붙잡은 양 손바닥 안으로 힘을 집중시켰다.

무슨 제안을 하고 싶은지는 모르겠지만 들어줄 생각 따윈 요만큼도 없다.

[공간 조정:확대]

[정말 나와 싸워 이길 생각인가?]

"이미 시작됐다. 너희와 난 돌이킬 수 없는 지경까지 왔어. 그러니까 퀘스트 월드 같은 X 같은 세계는 만들지 말았어야지, 이 개새끼들아!"

[그렇다면 나도 널 죽일 작정으로 싸워 주지.]

[혼돈의 바다:침식]

어둠의 인력조차 무시하는 거대한 혼돈의 몸체에서 형용할 수 없는 악의가 뿜어져 나왔다.

김성현은 라플라스의 악마를 발동시켜 쏟아져 오는 혼돈을 피해 뒤로 몸을 날렸다. 서 있던 곳이 혼돈에 침식되며 니알라토텝의 일부가 되었다.

[혼돈의 바다는 말이다. 모든 게 될 수 있는 권능이다.]

"시끄러!"

[명경지수+어둠의 인력+공간 조정:심플 이즈 베스트(Simple is Best)]

니알라토텝의 거체를 반투명한 어둠의 구체가 둘러쌌다.

김성현은 조금의 미동도 없이 구체 안에서 서서히 일어나는 힘들을 조종하기 시작했다.

무심한 그의 눈동자 속에 고요한 폭풍이 휘몰아친다.

[크윽!]

니알라토텝이 괴로운지 신음을 흘렸다.

반투명한 구체는 아무것도 벌어지지 않는 것처럼 보이지만, 저 안에선 거대한 인력과 공간 조정의 힘이 발생하고 있었다. 아무리 혼돈의 존재라도 쉽게 뿌리칠 수 없었다.

그러나 저것만으론 죽일 수 없다.

김성현은 모았던 손바닥을 떼며 양팔을 넓게 펼쳤다. 그 사이로 강한 에너지체가 창처럼 쭉 늘어나더니 주홍빛 스파크가 튀어 올랐다.

"받아라."

 김성현은 창을 양손으로 쥐고 괴로워하는 니알라토텝을 향해 투창했다.

 공간 조정의 힘으로 창을 가속시키고, 어둠의 인력으로 한계치까지 압축시켰다.

 엄청난 에너지 밀도를 자랑하는 에너지 창은 무창의 탑과 엇비슷한 위력을 자랑할 것이다.

 [이게……!]

 [혼돈의 바다:흡수]

 에너지 창이 반투명한 중력의 막을 뚫고 니알라토텝의 몸에 박혔다.

 그러나 압축된 에너지는 해방되지 않았다. 오히려 검은 촉수들이 그녀의 몸에서 튀어나와 창을 휘감았다.

 김성현은 낮게 혀를 차고 듀란달에게 명령했다.

 "무창의 탑을 컨트롤해!"

 [알겠습니다!]

 할 일이 생겨 신났는지 듀란달이 크게 대답하며 무창의 탑으로 날아갔다.

 조작이 어렵겠지만 마지막으로 사용한 프로그램은 남아있을 것이다.

 듀란달이라면 그걸 알아내 작동시킬 수 있을 것이다.

믿는 수밖에 없다. 자신은 저 괴물을 상대로 다른 짓을 할 여유가 없다.

"유지 시간이 얼마 안 되는데……. 어쩔 수 없어."

니알라토텝 같은 초강자는 단기간에 승부를 내야 한다. 그렇지 않으면 잡아먹히고 말 것이다.

김성현은 아주 조금 남은 여유 시간 동안 숨을 들이마셨다 내뱉었다.

약 5분. 유지할 수 있는 시간은 그 정도뿐이다.

[궁극(窮極):완전체]

그의 몸이 황금빛으로 물들기 시작했다.

❋ ❋ ❋

슈퍼노바는 완벽하게 회복된 자신의 몸 상태를 점검했다. 테베즈와의 전투에서 너무 막대한 피해를 입었다.

그는 황금빛 인간형 모습을 하고 있었다.

자리에서 일어나 궁전 바깥으로 걸음을 옮겼다. 황폐한 대지를 그의 종족들이 열심히 일구고 있다. 아직 세력이 크지 않아 그 수는 적지만 모두 지켜야 할 자들이다.

"김성현."

전투가 시작됐다.

큰 전투가 끝난 지 고작 일주일밖에 되지 않았는데, 이번엔 괴물 같은 녀석과 새로운 전투를 시작했다.

"니알라토텝을 이길 수 있겠나."

대답할 이는 없는데도 입이 근질거려 허공에 질문을 던졌다.

김성현이 옆에 있었다면 웃기만 할 뿐, 호기롭게 '당연하다!'라고 대답하지 않았을 것이다.

주제 파악은 할 줄 아는 녀석이었으니까.

슈퍼노바는 멍하니 자신의 종족이 일하는 걸 지켜보다 다시 궁전 안으로 들어갔다.

그 혼자만 싸우게 놔둘 수는 없다. 준비를 해야 한다.

그는 궁전 지하로 들어갔다.

회색 벽돌로 둘러싸인 그곳엔 밝게 빛나는 보석 하나가 유리 원통에 보관되어 있었다. 그가 외우주를 처음 경험하고, 위기를 느껴 제작한 보석이었다.

슈퍼노바는 유리통을 부수고 보석을 꺼냈다.

이 보석은 지금까지 모아 놓은 '힘의 덩어리'다. 흡수할 수도 있고, 무기로도 사용할 수 있다.

일단 아공간에 보석을 넣었다.

"지금 내가 간다."

보이지 않는 머나먼 곳을 바라보며 슈퍼노바의 신형이

흐릿해졌다.

최후의 전쟁이 머지않았다.

❋ ❋ ❋

니알라토텝이 당황한 목소리로 말했다.

[궁극이라고?]

그녀도 궁극에 대해 어느 정도 알고 있었다.

궁극은 모순 세계와 같은 일부 신격이 도달할 수 있는 지고의 경지였다.

다만 모순 세계가 아우터 갓을 위한 거라면 궁극은 엘더 갓을 위한 것이었다.

두 지고의 경지는 절대 섞일 수 없으며, 공존하는 건 불가능했다.

김성현은 이미 모순 세계에 발을 들였다. 그가 아우터 갓이라는 증거였다.

한데 궁극을 손에 넣다니, 니알라토텝 입장에선 믿을 수 없었다.

"왜? 놀랍냐?"

[무슨 짓을 한 것이냐? 아우터 갓과 궁극은 상극된 힘이다! 절대 공존할 수 없는 모순이다!]

"아르테의 말이 맞나 보군."

김성현은 몸 주변에 일렁이는 황금빛 광채를 보며 미소 지었다.

모순 세계가 권능의 양면성을 보여 준다면 궁극은 그 한계치를 뛰어넘게 해 준다.

"시간이 별로 없어."

엄청나게 큰 힘이 지금 이 순간에도 빠르게 줄어들고 있다. 길게 잡아도 5분. 여유를 부릴 때가 아니다.

김성현은 땅을 박차고 니알라토텝을 향해 날아올랐다.

그가 밟고 있던 지면이 붕괴되며 이스가 수만 조각으로 갈라졌다.

[그래 봐야 궁극의 입문 단계로구나! 아직 멀었다!]

[혼돈의 바다:광휘(光輝)]

어둠으로 물결치던 혼돈에서 눈부신 빛이 뿜어져 나왔다.

혼돈의 모순, 그것은 규칙적인 빛의 배열.

김성현은 검은 우주를 뒤덮는 빛줄기의 폭격에 눈을 부릅떴다.

불규칙하게 꿈틀거리는 혼돈의 어둠이 빛으로 치환되며 쏟아져 내린다.

한 줄기 한 줄기의 위력이 상상을 초월한다.

"듀란달!"

[네!]

무창의 탑의 조작법을 알아낸 듀란달이 탑의 방향을 20도 정도 들어 올렸다.

[저장된 최근 기록으로 조합식을 맞췄습니다!]

"쏴!"

[무창의 탑:17단계 기능 조합 광선포]

쫘아아아앙!

무창의 탑 꼭대기에 뚫린 구멍에서 자줏빛 광포가 뿜어져 나왔다. 공간이 굴곡을 일으키며 빛의 광선들이 그 안으로 빨려 들어간다.

김성현은 머리 위로 떨어지는 광선들의 방향이 강제로 틀어진 걸 확인하고 권능을 발현했다.

[궁극-어둠의 인력:메가 다크 포스]

전장 곳곳에서 강력한 인력이 담긴 검은 구체가 발생했다.

광포로 빨려 들어가던 광선들이 더 강력한 인력의 이끌림에 구체로 빨려 들어갔다.

니알라토텝은 일그러지는 얼굴을 주체할 수 없었다. 당장에 성질을 내고 싶었지만 급한 불을 끄는 게 우선이다.

[혼돈의 바다:빨아들이는 심해]

빛이 다시 혼돈의 어둠으로 되돌아간다.

무창의 탑에서 발포된 광포가 어둠에 빨려 들어가며 흔적도 없이 사라졌다.

김성현은 인력의 힘인가 싶었지만 그게 아니었다.

그녀가 직접 창조한 혼돈의 세계가 어둠 속에 숨어 있었다. 광포는 그 안으로 사라진 것이다.

혼돈의 바다, 정말 골치 아픈 권능이다. 혼돈의 바다 하나만으로 최소 4개 이상의 권능 값어치를 한다. 괜히 외우주 3강이라 불리는 게 아니다.

[어떡합니까?]

무창의 탑의 조작을 맡은 듀란달이 걱정스럽게 물었다. 광포의 위력은 강력하지만 이런 식이면 없는 것만 못하다.

차라리 다른 방향으로 운용해야 한다. 무창의 탑이 가진 수많은 기능들은 분명 이번 전투에서 도움이 된다.

"날 서포트해 줄 수 있는 기능 위주로 살펴."

[네.]

짧은 대답을 듣고 다시 니알라토텝을 향해 날아올랐다.

[궁극-공간 조정:밀땅]

[흠!]

니알라토텝이 압축기에 눌린 고철처럼 얇아지기 시작했다.

[궁극-어둠의 인력:초강중력포]

양손에서 수천억 톤의 중량감이 느껴졌다. 엄청난 무게에 팔이 떨어져 나갈 뻔했다.

무식하단 표현이 어울리는 무게다. 인간의 모습으론 감당할 수 없는 힘임을 깨달았다.

'어차피 놈을 이 모습으로 이길 거란 생각은 하지 않았어.'

곧장 본체화를 시작했다. 황금빛이 몸 곳곳에서 뿜어져 나오며 피부를 타고 균열이 벌어진다.

황금빛에 황금빛이 더해지자 백광이 터져 나왔다.

거대한 힘의 흐름이 주변을 휩쓸며 자신만의 공간을 구축하기 시작했다.

니알라토텝은 김성현이 변하는 틈을 놓치지 않고 공격했다.

[기다려 줄 거라 생각한 건 아니겠지!]

밑땅으로 움직이기 어려운 상태지만 권능까지 묶인 건 아니다.

혼돈의 바다가 넘실거리며 높이 1만 킬로미터의 해일을 만들었다. 우주가 덮일 것만 같은 거대한 파도가 육중한 무게를 실은 채 떨어져 내린다.

그 순간,

[무창의 탑:10만 개의 방어]

김성현의 머리 위로 육각형 판막이 오목조목 이어진 보호막이 만들어졌다. 범위는 딱 우산 정도였지만 그만큼 뛰어난 방어력을 자랑했다.

콰아아앙!

혼돈의 해일이 김성현을 덮치자 검은 포말이 거품을 잔뜩 만들며 사방으로 퍼져 나갔다.

무창의 탑은 밀려 들어오는 수압을 견디지 못하고 박살 났다. 듀란달은 비명과 함께 흩어지는 파도에 쓸려 어딘가로 사라졌다.

밀땅의 압력이 사라져 간다.

[후후! 버티기 힘들 것이다.]

혼돈의 바다를 단순히 해일 형태로 떨어트린 공격이었지만 무방비한 상태에선 그조차 버텨 내기 어렵다.

이 정도로 무력화되진 않았겠지만 피해는 명백하다. 승부는 여기서 정해졌다.

[마무리를 짓자고.]

그녀의 혼돈의 거체가 소용돌이를 일으키며 기다란 머리카락이 펄럭였다.

새하얀 눈동자에서 희미한 빛이 흘러나온다.

양팔을 들어 올리자 혼돈이 밀집된 구체가 소름 끼치는 귀곡성을 흘렸다.

크오오오오!

마치 살아 있는 것처럼 노란색의 길쭉한 눈과 초승달 같은 입술이 비죽 미소 지었다.

[혼돈의 바다:블랙맨(Black Man)]

[제안을 끝까지 들었더라면 이런 최후는 맞이하지 않았을 텐데.]

니알라토텝이 아쉽다는 어투로 중얼거렸다.

그녀의 손에서 블랙맨이 떠났다.

모든 것을 멸망시키는 사명을 타고난 블랙맨이 주변의 모든 것을 집어삼켰다.

쿠와아아!

벌어진 입에서 멸망의 숨결이 흘러나왔다.

블랙맨은 니알라토텝이 승리를 장담했을 때만 꺼내는 피날레 같은 기술이었다.

그녀는 김성현의 죽음을 확신하고 있었다. 이미 몸을 돌리고 있는 게 그 증거였다.

그러나 그녀가 간과하는 사실이 하나 있었다.

[라플라스의 악마:보였어, 인마]

[크아아아아!]

그녀의 배를 뚫고 검은 창이 튀어나왔다.

그게 끝이 아니었다. 또 다른 창이 그녀의 머리를, 어깨를, 양 허벅지를 꿰뚫었다.

창들은 중력의 힘을 가지고 있는지 꿰뚫린 채로 니알라토텝을 끌어당겼다. 아무리 혼돈의 몸체라지만 거역할 수 없는 고통이었다.

진득한 혼돈의 어둠 속에서 환한 황금빛이 새어 나왔다.

푹!

그곳에서 황금색 팔이 튀어나왔고, 곧 또 다른 팔이 튀어나와 어둠을 붙잡고 안에 있는 몸을 끌어 올렸다.

늪에 빠진 것처럼 끈적한 어둠이 온몸에 달라붙어 놔주질 않는다.

"짜증 나."

김성현이 황금빛을 더 강하게 내뿜었다.

키이이익!

그곳으로 다가가고 있던 블랙맨이 기분 나쁜 소리를 질렀다.

인간형을 유지했다면 고막이 터져 피가 흘러내렸을 것이다. 역시 본체화를 해서 다행이었다.

거기다 절묘한 타이밍에 듀란달이 보호막을 펼쳐 줘서 심각한 피해를 피할 수 있었다.

"다 끝나면 상을 줘야겠어."

몸에 달라붙은 혼돈의 어둠이 사라져 간다.

김성현은 주변에 떠 있는 두 개의 구체를 한 손으로 이동시켰다. 더 이상 수천억 톤에 달하는 무게감을 육체로 감당할 필요가 없다.

"발포."

 손 주변에서 빙글빙글 돌던 구체들이 제자리에 멈추더니 서로 뒤엉켰다. 그러곤 꽈배기처럼 꼬인 상태로 쏘아졌다.

 블랙맨이 거대한 몸으로 꽈배기 광포를 막았지만 위력에서 차원이 다르다.

 둥근 블랙맨의 중심이 뻥! 하고 시원하게 뚫렸다.

 [김성혀어어어언!]

 "왜 불러?"

 초강중력포가 니알라토텝의 가슴에 직격했다. 차원의 비틀림이나 분자 단위 흡수로 끝나지 않을 것이다.

 궁극의 시간이 1분도 남지 않았다.

 [궁극-명경지수:개화(開化)]

 이미 완전히 깨어난 뇌가 한 번 더 한계를 넘는다.

 무상심이 자리를 잡으며 분산되어 있던 집중이 하나로 뭉쳤다.

 1분을 1시간처럼.

 1시간을 10시간처럼.

10시간을 10일처럼.

집중의 극한이 밀려 들어온다.

김성현의 신형이 흔들흔들 잔상을 그리며 움직였다. 그렇게 빠르지도 느리지도 않았거늘, 눈으로 쫓을 수가 없다.

니알라토텝은 큰 혼란을 느꼈다.

[웃기지 마!]

궁극이 이 정도로 강력할 리 없다. 모순 세계를 넘어서는 경지일 리 없다.

그랬다면 엘더 갓들이 자신들의 손에 밀려 외차원의 지박령이 됐을 리가 없다!

"착각하는군."

뭐?

"내가 언제 궁극'만' 사용한다고 했지?"

[모순 세계-명경지수:활기(活氣)]

[모순 세계+궁극-라플라스의 악마:들여다보기]

[모순 세계+궁극-어둠의 인력:초척력(超斥力)]

[거짓말…….]

"네 말을 듣고서 깨달았다. 내가 바로 엘더 갓이며, 아우터 갓이라는 사실을."

[아, 안 돼! 제발… 제발!]

김성현의 눈이 차게 식었다.

"소멸을 맞으라."

그의 입에서 나온 짧은 한마디였다.

거대한 혼돈이 거품을 일으킨다. 이곳에 흐르는 시공간이 무너지며 공백이 나타났다.

김성현이 오른손을 들었다.

니알라토텝, 외우주의 최강자 중 하나이자 우둔한 아버지의 유일한 보좌관.

과연 그녀가 사라진 외우주는 어떤 변화를 맞이할까? 문득 궁금해졌다.

들어 올린 손을 강하게 움켜쥐었다.

[끄아아아악!]

니알라토텝의 혼돈의 몸체가 찌그러진 캔처럼 우그러진다. 더 이상은 재기할 수 없다.

[이대로…….]

[맛있는 판이 깔렸구나!]

김성현은 등 뒤에서 들려온 목소리에 두 눈을 크게 떴다. 그의 눈에 믿을 수 없는 흐름이 흐르고 있었다.

"이, 이건!"

[반갑다. 이렇게 보는 건 처음이지?]

검보랏빛 광기였다. 그 안에서 붉은빛의 안광이 초승달

을 그리며 미소 짓고 있다.

김성현은 놀란 얼굴을 일그러트렸다.

감히 마지막을 엉망으로 만들어 놓다니. 누군지는 모르지만 절대 용서할 수 없었다.

"네놈은 죽어라!"

[안 돼, 안 돼. '인과율'이 허용치를 넘어섰어.]

"무슨 개소리……!"

김성현은 뒷말을 이을 수 없었다. 손안에 모은 힘이 거짓말처럼 사라졌다.

검보랏빛 광기가 말했다.

[말했잖아. 인과율의 허용치를 넘어섰다고. 넌 이 괴물과의 싸움에서 모든 걸 쏟아부었어. 이젠 내 밥이야.]

광기가 징그럽게 웃는다.

김성현은 이를 악물고 주먹을 날렸다.

하나 주먹은 허무하게 막혔다. 권능도, 본래의 기운도 담겨 있지 않은 주먹이다.

광기의 주인, 마리앙스가 검보랏빛 기운을 벗어 던지며 모습을 드러냈다.

[반가워. 그리고 잘 먹도록 할게.]

"지랄……. 크악!"

다시 달려들려는 김성현을 손바닥으로 밀쳐 냈다.

권능을 사용하지 않고 단순히 기운만 사용했는데 벌써 저 멀리까지 날아갔다.

 그는 고개를 돌려 니알라토텝을 쳐다봤다. 걸레짝이 다 되었다. 그렇게 뻗대더니, 실로 허무한 최후다.

 [내가 맛있게 먹어 줄게.]

 마리앙스가 그녀 쪽으로 걸음을 옮겼다.

 손을 뻗어 거대한 혼돈을 흡수한다.

 하지만 구원투수는 언제나 주인공 곁을 지키는 법.

 -널 기다리고 있었다, 마리앙스.

 [이 귀찮은 녀석!]

 슈퍼노바의 등장에 마리앙스의 얼굴이 일그러졌다.

10권에 계속

상상해 본 적도 없는 낯선 세계에 떨어지게 된 나 차영훈.
렌스란 새로운 이름으로
밑바닥에서부터 다시 삶을 시작하게 되는데!
제국 제일의 부자, 제일의 상인 골드왕이 되기 위해
오늘도 난 세상 속으로 달려간다.

www.mayabooks.co.kr